新潮文庫

養老訓

養老孟司著

目次

養老訓

訓の壱　不機嫌なじいさんにならない

苦虫じいさん、現る

あるところで講演をしたときのことです。前から三列目に背の高いじいさんが一人座っていました。お前にじいさん呼ばわりされたくない、とその人は言うかもしれませんが、ともかく客観的に見て老人だったのは間違いありません。

この人が最初から最後までまったく笑わない。それどころかずっと苦虫を嚙《か》み潰《つぶ》したような表情をしている。

もちろん私の話が面白くなかったのかもしれません。何か気に入らないことがあったのかもしれない。講演会に来ようなんていう人は、きっとまじめな人でしょうから、私の話が気に入らないこともありえます。過去に私に恨みを持った人が命を狙《ねら》いにきた可能性も否定はできませんが、多分違う。幸い死体しか相手にしてこなかったから、医療ミスで恨みを買った覚えもありません。

実は日本中を講演して回っていると、こういうことは珍しくない。不機嫌そうで笑わないおじいさんが多いのです。おばあさんはよく笑います。不機嫌なのはたいていが老人、それも男です。

なぜ男のほうが不機嫌かについてはこれまでも話したことがあります。男の人は仕事を定年で辞めるとやることがなくなりますが、女の人の仕事、家事は死ぬまでついてきます。自然と身体を使う。これがいいのです。

このところ社会を見ていて、ちょっと何か言っておいたほうがいいのかもしれない、とつくづく感じます。昔はあった常識がなくなった。なくなったということすら意識していない人も多い。昔はケースバイケースで済ませていたことを一律に決めようとする人もいます。決まりを厳格にすれば社会が良くなる、そんな勘違いをしているのです。これも常識がなくなったからです。

風邪をひいた程度のことで東大病院にやってくる人もいます。そんなものはほうっておけば治ります。その程度の常識もなくなりました。昔は決まっていた手順がなくなっているからです。

そんな世の中を見ていて、私ももういい年こいたじいさんですから、何か言っておいたほうがいいと思うことは言っておこう、そう思ったのです。

三列目のじいさんには何の義理もありません。でも、こんな考え方をすればもう少し機嫌よく暮らせるんじゃないだろうか、そんなことを少しずつお話していこうと思います。

余計なお世話だ、うるさい、と言われそうです。あのじいさんはもっと大きな苦虫を噛み潰すかもしれない。でも、余計な一言を言うのも老人の仕事じゃないか、と思っているのです。

老人文化を取り戻す

不機嫌な老人に会うたびに、私は「老人文化」が必要だとつくづく感じます。

老人文化とは何か。年をとって暇だからといってカルチャー・スクールに通いまくる。それはここでいう老人文化ではありません。

昔の日本人は老人に向いた時間の過ごし方、生き方の知恵を持っていたと思います。趣味でいえば盆栽やお茶などはその代表例でしょう。また生き方の知恵としては、隠居という制度もありました。これも老人文化です。

ところがいつの間にかそういう文化は消えつつあります。

マスコミなどでは、しきりに「年をとっても若々しく」と言います。そして、社交ダンスをしましょう、バンドはどうだ、団塊ならフォークかジャズだ、と囃《はや》していますね。

でも、冷静に考えてみてどうなのでしょう。そういう若々しい趣味が合う人もいるでしょうが、大抵は傍目にはあまり似合わない人のほうが多いのではないでしょうか。とても見ていられない。むしろ迷惑です。見た目からしても、老人はダンスをやっているよりは、盆栽をいじっているほうがどう考えてもはた迷惑にならないと思うのです。

老人になることを悪いことだと見る空気があるから、趣味も若々しく、となるのです。でも、みんな年相応に老人化していいのではないのでしょうか。

団塊の世代に土に帰りたい、百姓をやりたいと言う人が増えているそうで、結構なことです。盆栽に近いし、あまり迷惑にならないでしょう。土に親しむかたちの年のとり方は、もっと日本で流行してもいいと思います。

団塊の世代まではまだ子どものころに土に慣れています。だから、これはわりあいスムーズに受け入れられるんじゃないでしょうか。団塊の世代あたりが率先して、もっと若い人をそういう道に引っ張り込むといいのです。

外されて喜ぶ

私自身、若い頃や中年の頃にはわからなかったけれど、だんだん良さがわかってきたものがいくらでもあります。そもそも三〇代、四〇代の頃は価値観が違いました。やはり世の中に出て何とかしなくてはいけないといった欲がありました。

こんな私でもそういうことを思っていた。まわりがそういう考えだから、どうしてもつられます。社会的評価だってそれなりに気にしていました。そういう考え方に付き合いしないと、ちょっと欠陥のある人間だと思われたのです。

ところが年取ると、無理をして付き合わなくてもいいということになる。老人になると社会的評価やそれにまつわる競争から真っ先に外されます。世間から「あいつは別」という扱いになる。それを楽と思えるか、さびしいと思うかでその後の人生は変わってきます。

「別」とされたときにもともと自分でやることを持っていれば、それが、できるようになる。そのときにやることこそが老人文化です。

老人文化を知ったほうが、人として高級になれるくらいに思えればいいわけです。でも、世の中には、引退後に地方に行って、土いじりをするよりも、企業で延々と働けたほうが勝ちだと思うような人もいるのではないでしょうかね。

私はそういう価値観そのものが間違っていると感じています。だから、言わなきゃいけないことがあると思っているのです。

土をいじる

組織などから身を離して、土をいじるようになった人が、「このほうが楽だよ」と言っても、負け惜しみのように受け止める人がいるかもしれません。でも、そんなことは決してありません。

先日、高知県で会った人は、もとはサラリーマンでしたが、今は有機農法を教える仕事をしています。サラリーマンを辞めて一〇年ほどで、もう一人前になっています。六〇歳で生活も落ち着いていて楽しそうでした。自分の作った野菜を持ち込んでお客に振舞っていました。

けっこう仕事としてもうまくいっているらしくて、「農薬を使わないほうが畑はうまくいきますよ」と話していました。

仕事ができて才能のある人が、そういう仕事に入ってくれれば、「負け犬」感も減ってくることでしょう。実は人が手をつけていない穴はあちこちにあります。探せば見つかります。その穴を埋めることこそが仕事なのです。

たとえば過疎《かそ》地を見ていてそれを活用しないことのもったいなさをつくづく感じます。家も畑も田んぼも森も、全部放りっぱなしというところがいくらでもあります。あれに上手に手をつけるだけで、一商売できるでしょうし、利益を出すこともできます。そこで難しいのは、田舎の場合、土地を持って値上がりを待ち、塩漬けにしている地主がいっぱいいるということ。

でも、どうせそんなバブルは来ないでしょうし、そんな不確実なものをずっと待っているうちに死んでしまうぐらいなら、何か使うことを考えたほうがいいのです。

杉林の間伐が進まないのも結局、持ち主を説きつけるのが大変だからです。町長が、一生懸命、間伐を町にやらせようと思っても、結局、お金の問題が出てくる。どうしても自分のところに金がかかってしまう。

実は間伐して、きちんと杉がそろって育っていれば何十年後か何百年後かに、大きなお金になるのです。でも、地主が当座のことしか考えないから上手《うま》く進みません。過疎地の土地、農地を無理なく利用できるようなシステムを作ったら一旗あげられるし、後世のためにもなります。

「どうせもうすぐ死ぬんだから、地球の資源など知ったことか」と考える人もいるかもしれません。確かに死んだあとはどうなろうとわからないでしょうが、やはり何か次代に残すように考えたほうがいいと思う。そうなると環境、国土のことを考えざるをえないのです。

国を考える

地方に行くとわかりますが、田園が荒廃しています。杉を植えすぎて、そのまた罪滅ぼしに、道端にずらりとソメイヨシノを植えている。どこに行っても同じようなパターンです。

戦後の日本は国策として全国に杉を植えて杉だらけにした。なぜかというと杉は売れるし、早く育つからです。他の木を植えてバランスを取るなんて視点はなく、ただ手っ取り早く儲《もう》けようとした。

ところが儲けようという考えだけで進むと、対自然はたいてい「収奪」になってしまうのです。収奪とはどういうことかというと、自然が戻れない状況、つまり循環不可能な状況にしてしまうことです。人間の世界からみると、短期的には儲かるのです。でもそれはほんとうの儲けではありません。

現に今はみんな山に行かなくなってしまったし、杉林は傷《いた》んでしまっています。いちばん気になるのがこの国土の変化、荒廃です。昔、私の育ってきた鎌倉は、皆が山に入って薪《まき》をとったり、草を刈ったりしていたから、それがいい手入れになっていた。

あまり大きな環境のことを考えだしたら、確かに大変ですし、時に原理的な運動にもつながってしまいます。しかし個人レベルでいえばさっきの老人文化とつながることなのです。ある程度、環境を考えた暮らし方のほうが楽で気分がいい。

国を考えるというと、普通の人は政治の形態とか経済とか、すぐにそういう発想になります。でも私は国土をどうするかが一番大切だと思っています。その視点が多くの人から抜けているだろうという気がずっとしています。

国土を荒らすなといっても土建業の人からすれば「こっちは土地を切り開いて、大勢の人に住宅を供給して、大勢に仕事場を与えているんだ。文句を言われる筋合いではない」となるかもしれません。長い目で見ると、それが自然の収奪になるかもしれないということに、いつ気がつくかが問題です。

同じ収奪するにしても、それを認識しているかどうか、それが大きいのです。

そもそもまったく収奪をせずに生きることはできません。しかし認識していると矛先が鈍るのです。「ここまでやっていいのだろうか」という適当なブレーキがかかります。そこが重要です。

別に環境を第一に考えて、人類は裸になって山で暮らすべきだなどとは言いません。それは原理主義者です。今は片方には収奪を気にしない原理主義者がいて、もう片方には環境原理主義者がいるという状態です。たちの悪いことに、両者は相手の話を聞きません。

「話が大きくなりすぎだ。俺に関係ない」と三列目のじいさんが怒りだしそうです。しかし、この話はそのまま個人にも通じます。

収奪型がいいかどうか、そこは人生にも通じる話なのです。収奪して生きれば、死ぬまで儲けていられるかもしれません。でも死んだあとに「迷惑な奴《やつ》だった」と言われるかもしれない。本当にそれがいいかどうか。

ものを考えるときの基盤は、国ならば政治でも経済でもなく国土です。そして個人でいえばそれは感覚になります。不機嫌な人は往々にして感覚が鈍くなっている。そのへんを次はお話ししましょうか。

訓の弐　感覚的に生きる

感覚とは何か

研ぎ澄まされた感覚の持ち主、というのは誉《ほ》め言葉ですが、「あの人は感覚的だ」というのは必ずしも誉め言葉としては使われていません。「あなたの喋《しゃべ》りは長嶋《ながしま》監督ばりに感覚的ですね」と言ったらまあ怒られますね。

これは感覚的、というとインスピレーションで考えるとか直感的とか場合によっては場当たり的というふうに思う人が今は多いからでしょう。

何となく非論理的なイメージ、他人には理解しづらい雰囲気、そんな含みがあるはずです。

しかし、ものを見るとき、考えるときのベースに感覚を置くことこそが、〟まっとう〟だと私は思うのです。そして今の人たちはもっと「感覚的」になったほうがいいんじゃないか、とも。それは老人も若者も同じです。

私たちがものを考えるときには、二つの方法を使っています。「感覚的」に捉《とら》えるか、「概念的」に処理するか、その二つです。ここでは便宜上、前者を「感覚的思考」、後者を「概念的思考」と呼びます。その違いを考えてみましょう。

本来「感覚的」であることは悪いことではありません。それはそもそも感覚とは何かを考えてみればおわかりになるはずです。感覚とは「視覚」「聴覚」「触覚」「味覚」「嗅覚《きゅうかく》」などです。

これらはすべて現実に何かがあることを前提としています。目の前にある花を「見る」「嗅《か》ぐ」「触る」。すごくお腹《なか》が空《す》いていれば、ちぎって「味わう」こともあるでしょう。また、その場で様々な音を「聴く」。このように具体的に何かを感じ取る能力が感覚です。

感覚的であるというのは、具体的であることだといってもいいでしょう。

具体的ということは、別の言い方をすれば、「現場の視点」ともいえるでしょうし、世間では「現実的」というのかもしれません。ややこしいのは「現実」と世の中で使うときには「もっと現実を見て大人になれ」とか「現実は悲惨だけど、私には夢がある」とか、本来の「現実」とは別の意味が強くなってしまっていることです。

私がここでいう「現実」とは感覚で捉えることができるもの、「ちゃんと存在するもの」くらいに思っていただいてもよいでしょう。

感覚的の反対が「概念的」です。これはその名の通り「概念」つまり、人間が頭の中でこしらえたものをベースとした考え方です。つまり「ちゃんと存在しないもの」と思っていただけばいいでしょう。

たとえば「愛」というものは見ることはできません。「憎悪《ぞうお》」を触ることはできません。「私は彼の愛に触れた」なんて言い回しは文学的表現であって、実際には相手の顔や手に触れることしかできません。

人間が動物と大きく異なるのは、こういうふうに、概念的に情報を処理できるという点です。実はこれは人間の特権なのです。

実際に話を聞いたわけではありませんが、猫は「愛とは何か」とか「憎悪とは何か」などと考えたりはしないはずです。そんなことをしたのは漱石の家の猫くらいでしょう。

このように概念的に処理する能力があるからこそ、人間だけが特異な進化をして文明を築くことができたわけです。

感覚的思考と概念的思考の違いをいちばんわかりやすく示してくれるのが、A＝B

という等式です。たいていの人は「A＝B」という式をすんなりと受け止めます。「ああ、AとBは等しいのだな。同じなんだな」と理解して、その先の理屈に付き合います。それが出来ない人は中学校の段階でドロップアウトせざるをえません。しかし、実はこの「A＝B」というのは極めて概念的な考え方です。よく考えてみてください。

単純に視覚で判断した場合に、「A」と「B」はまったく異なる文字です。ぜんぜん似ていません。同じだと言い張る人は相当に目が悪い。

聴覚ではどうでしょう。「エー」と「ビー」ですから、これまたまったく異なるものです。

こんなに違うのにどうしてイコールなのでしょうか。猫はこんな理屈を許さない。感覚的に考えれば「AとBは違う」ことは明らかです。

目で見ても、音として聴いても異なるものを「イコールだ」と無理やり決めてしまう、「同じ」にしてしまう、それが人間の脳みその特徴です。

私の友人の科学者、池田清彦《きよひこ》さんは、実際にこの問題で悩んだことがあるそうです。彼は「これがわからなくて中学校で大変だった」と言っていました。中学に入ると代数を習います。代数の根本にはこの概念的な考え方があります。

つまり「X＝2」というような式を理解しないと次へ進めません。「どうしてXという文字が2という数字と同じなの？」と疑問に思っていたら、その先の問題が解けるはずがありません。

ここでつまずいたために、池田さんは中学一年生のときから数学では劣等生扱いだったそうです。幸い三年生になってから、急に概念的な思考が理解できたおかげで、三年分の教科書をいっぺんに理解できた。

池田さんは特殊ではありません。いや特殊なところもあるでしょうが、それは置いておいて、動物や子どもの視点で考えれば「A＝B」はおかしいというのは間違いではないのです。

ただし、多くの人はそこにはひっかかりません。かなり早い段階で概念的思考を手に入れていますから、そのおかしさに気づかないのです。そしてそんなことは先生も教えないから、おかしいということ自体がなかなかわからないのです。

しかも親も先生も、それにきちんと答えてくれるとは思えません。実は簡単そうに見えてかなり難しい問題なのです。普段意識していない二つの考え方の違いが根本にあるからです。

たとえば子どもに「見た目も音も違うのにAとBが同じと言うのはなぜ？」と聞か

れたらどう答えますか。

　ついつい「そういうものなんだ。屁理屈《へりくつ》を言うな」と答えてしまうのではないでしょうか。

　幸い、たいていの子どもはそこで「そういうものなのか」ととりあえず納得させられます。そのあとでだんだん呑《の》み込んでくる。そして丸めて考えられるようになるのでしょうが、ときどきそこにひっかかってしまい、先に進めない子どもがいるのです。池田さんもそのひとりだったのです。

　中学三年生になるまでまったくそこが理解できないというのは、少々困ったことかもしれません。池田さんも代数は理解に手間取ったようですが、他の分野では「同じ」にしてしまうことができたはずです。そうじゃないと言葉を使うことができないからです。

現代人は音痴である

「同じ」にすること、概念的思考の産物の代表例が言葉です。

たとえば目の前にリンゴが二個あるとします。すると普通の人は「リンゴが二個ある」ということを理解できます。だから、目の前に何があるか聞かれれば「リンゴが二個」と答えることでしょう。

ここで「右のリンゴは左のリンゴよりも赤い。左のリンゴは右のリンゴよりも大きい。両者は別のモノである。したがって、これらを『リンゴ』などという大雑把なくくりで同じというのには無理がある」などと考える人は滅多にいません。

リンゴとメロンが並んでいる場合でも、「目の前に果物があります」と答えて不思議はありません。

このように人間は概念的に考えることができるから、感覚では別のものを「同じ」と捉えて考えることができるのです。

つまり「同じ」にするということの性質がもっとも良く出ているのが「言葉」なのです。言葉というのは、別のものでも「同じ」だとして話を進めるのに便利な道具です。「そりゃ細かく見れば、どのリンゴも違うに決まっているさ。でも、そこは目をつぶって同じものだってことにしようよ」と皆で了解して「リンゴ」という言葉を使うわけです。

便利といえば便利ですが、感覚的に世界を捉えている動物からすれば乱暴な話だとなるかもしれません。

実は人間は動物と比べると「音痴」だということがわかっています。たとえば人間の場合、絶対音感の持ち主というのは非常に少ない。ところが動物は感覚で捉えていますから、音に関しては敏感で、彼らは絶対音感の持ち主です。

だから「ホーホケキョ」はどの土地でも同じメロディなのです。人間のように「音が少し外れているけど、きっとホーホケキョって言いたいんだな」という大雑把な捉え方は通用しません。

概念的に考えることが出来るおかげで、人間は複雑な言語を使えるようになり、それが現在の文明を築いたのは間違いありません。

しかし、それでも私は概念的な考えにのみ比重を置くことは健全ではないと思います。つまり「リンゴはどれも同じ」と簡単に丸めて考えない面を持つ人のほうがまっとうではないかと思うのです。

もちろん何もいちいち「『A＝B』って何だ?」と疑問を持てというのではありません。それでは大人として問題があります。その調子で会話していたら、喧嘩《けんか》になるか相手にされなくなるかのいずれかです。

しかし問題は最近の人は概念的な思考ばかりが優先して感覚的な思考ができなくなってきていることです。感覚が鈍くなっているのです。

平たく言えば、頭でっかちになって、目の前のことに鈍くなってしまっている人が増えているのです。

いい年こいてテレビを信用しない

感覚的に捉えることが苦手な人が増えています。

その原因としては社会が感覚を消していく方向に進んでいることが挙げられます。いちばん大きな犯人は情報化が進んだことで、特にテレビの責任は大だと思っています。

テレビはとても強力な視覚メディアです。これを見ていると個人の視線が全部消えて、カメラの視線に代用されてしまっています。テレビの画面は全員が同じものを見ることになる。

しかしテレビの画面で伝えている「現実」は実は一台のカメラからの視点によるものに過ぎません。だから、カメラを替えたらたちまち画面上の「現実」は変わってしまう。

そんなことは当たり前だとおっしゃるでしょうか。でも、「カメラを替えたら画面が変わってしまう」ということを忘れてしまっている人が多いのです。同じものを見ているようでも、人によって見え方はまったく違う。テレビばかりに没頭するとそこを忘れてしまうような気がします。

テレビに映っている「現実」は視点のひとつに過ぎない。それを忘れてしまう人がテレビを過剰に信用してしまうのです。

私は繰り返しＮＨＫの「客観・公正・中立」という方針を批判してきました。そもそもそんなものはありえない、と思っているからです。それを前提にしないとかえって危ないよ、と言いたいからです。カメラの位置ひとつで伝わる映像が異なるのに、どうしてそんなことを軽々しく言えるのか、と思います。

ことはテレビに限りません。私は講演でよく、こう話しかけます。

「皆さん一人一人が見ている『養老孟司』には、一つとして同じものはありません」

座っている場所も違えば、見ている人の背の高さも違うわけですから、当然です。ところがそのように「違う」ということがわかっていない人が多い。これを私は「感覚が落ちてしまっている」といっています。ＡとＢが違うでしょうというのは、ある面から見れば当たり前の話です。

その視点は頭の片隅に持っていなければいけない。それなのにその感覚がどんどん落ちているのです。
片一方が落ちると、もう片方の意味がわからなくなってしまいます。

言葉のありがたさを知る

今の人が言葉の重要性に気づかないのは、そのためです。つまり、感覚が抜けた人たちは思考のすべてが言葉から始まってしまう。初めに言葉ありき、になるのです。

言葉というのは概念的思考の産物だとお話しました。私の「熱い！」と、他人の「熱い！」という感覚は同じであるはずがないのです。人によって感覚はそれぞれです。しかし、とりあえず「熱い！」という概念を共有できないと話は進まない。だから「熱い！」という言葉が必要になるのです。

しかし実際には感覚の世界は人それぞれ全部違うということがわかっていれば、言葉を「ありがたいもの」だと感じられるはずです。もともとはわかりあえなかったかもしれないことについて、お互いに通じる部分を抽出してくれるからです。

ところが概念的思考だけが肥大してしまい、言葉の世界から始まってしまうと、そのありがたさがわからなくなります。話が逆になる。通じることが当然であると思い込んでしまう。すると実は通じない部分のほうが大量にあるということになかなか思い至らなくなります。

それがどうした、と思われるかもしれません。

しかし、感覚が落ちていることが、多くの問題を産んでいるのです。

だからこの本ではしつこく感覚の大切さをお話しします。

もちろん昔から言葉は存在していましたし、人間は概念的思考をしてきました。しかしそのバランスがどんどん悪くなっていったのです。こうなったのはそう古い話ではありません。

実はまだ私が若い頃には、感覚の大切さというのが当たり前に皆に通じていたのです。だから昔は言葉が少なかった。言葉にしなくても目と目でわかりあえるということが今よりもあったのです。

ところが、こういう世界を「封建的だ」と批判する人たちが出てきました。何でも言葉にしようとする人が増えたのです。これは団塊の世代以降の傾向です。

全共闘など学生運動家たちは「以心伝心」「腹芸」といった日本的なものを潰《つぶ》してきました。彼らにとってそれらは「封建的」なもので、打破すべき対象だったからです。

学者の世界も「言葉にしないと駄目なのだ」「情報化しないと駄目だ」という風潮に流されていきました。

結果として、今の人は何でも明文化して、細かく決めなくてはいけないと思っています。そして、そうすればうまくいくとすら思っているようです。

簡単にいえば、まともな決まりを作れば、世の中もまともになるという思い込みがあるのです。しかし、実際にはどんなに細かい決まりを作ってもはみ出るものははみ出ます。

何でも明文化して決めていくということは、問題の解決ではなく、屋上屋を架しているだけだということが往々にしてあるのです。

言葉は現実を切る

私は虫を研究したり、人体の解剖をやったりしてきました。その過程で「言葉」というものの性質に気づいたのです。

たとえば、人間の体の中は図鑑に載っている解剖図のように、きれいに内臓が分かれて見えるわけではありません。もっとグチャグチャでわかりにくいものです。

解剖とは、このグチャグチャを切り分けていく作業です。これは手、これは足、これは胴といって切る。腸と胃と食道とを切り分ける。そうやって切り分けていくのですが、実はもともとは全部くっついているということです。手と胴と足とに線が引かれているわけではありません。腸と胃と食道は全部一つながりです。

この作業をしているうちに、「どうして切るのか」「『切る』という作業は何だろう」と考えるようになりました。

この作業自体が、実は言葉をもとにした思考の産物だということに、解剖をやっているうちに気がついたのです。言葉は人間の体の様々な部分を分類する、つまり「手」「足」「胴」「腸」「胃」「食道」と区別する、言い換えれば言葉によって人体を「切る」という作業を行っています。

メスで体を切ることで、今度はその概念を現実のほうに持ってくるという作業が解剖です。つまり頭の中で「切る」だけではなく、今度は概念的に体を切ってしまう。頭で考えたことを現実にしようとする。だから人体をバラしてしまう。それでなければ、人体をバラすなんてことは考えないはずです。

なぜ、文化が進んでくると、人間をバラせるのか。実はそれは言葉の働きです。つまり、解剖——切るという行為——は、概念から下へおりたわけです。頭の中で言葉によって分類したことを現実に移すわけです。

それをやるために、人間をバラすというようなことを始めたのだというのが、わかったのです。概念をもつようになって、分類することができる。そうなると人間は、それに合わせて身体《からだ》をバラすことができるのです。

人間は概念的思考をするからこそ、そういう作業をするのです。

感覚的思考と概念的思考とどちらが正しいとか、正しくないとかではなくて、人間は両方できるわけです。そして今の日本では、概念的思考のみが肥大している人が多くなっているということです。

実は過去の歴史上にも、概念的思考が幅を利《き》かせた時代がありました。ヨーロッパの中世がそうです。

中世は概念的な観点から見れば、非常によくできた世界です。当時の神父さんが描いた絵を見るとよくわかります。いちばん上に神を置いた階層構造の世界を図式化しています。いちばん上は神様で、その下が天使、その下が人間、その下にさまざまな動物がいる。きれいな階層構造になっています。

これは現実の世界でも何でもありません。神父さんの概念によって世界を切り取って絵にしただけのことです。

世界は実際にはそんな単純な構造のはずがありません。あくまでも、キリスト教徒の脳味噌《のうみそ》がそう捉《とら》えている、ということを素直に表に出しているだけです。

幸せの定義はできない

話がややこしくなったので、この章の最後に感覚と幸福の関係についてちょっとだけ触れておきましょう。そうでもしないと、中世がどうこう、解剖がどうこうなんて知ったことか、なぜすぐに昔の話をするのか、とまた三列目のじいさんに怒られそうですからね。

ときおり「幸せとは何か」というようなことを聞かれることがあります。私はいつもこんなふうに答えます。

「考えたことありません」

またしても怒られそうですが、喧嘩を売っているわけではありません。

結局、「幸せとは〇〇である」というような言葉はすべて後知恵の類《たぐい》だとしか思えないのです。後講釈の典型です。何かが起きたあとに、思いがけなく感じるものが幸せなのです。あらかじめわかっているようなこと、「幸せとはこういうものだ」と定義できるようなものは幸せではないと思うのです。

私の例でいえば、採れるはずがないと思っていた虫が思いがけず採れたということが幸せです。思いがけないものです。「思いがけた」幸せなんてないような気がします。

一〇の努力をして一〇の見返りがあるのは当たり前のことです。でも時々、一〇の努力で二〇〇〇くらいが返ってくることもある。これが幸せだと思うのです。

「幸せな老後」などといいますが、それは単にゆとりのある生活というようなことを指しているだけです。そもそも「幸せな老後」という言葉は少々おかしいのです。老人になるということは、人生が終わるということなのですから。体は駄目になってくるし、目は見えないし、みんなはバカにするし。何が「幸せな老後」だと思います。

あまり大きな期待はしないほうがいい。そうしたら思いがけないことですごく幸せを感じるかもしれない。

それには感受性が大事です。目が悪くては虫一匹見つけられません。

実はここでも大切なのは感覚だということです。

訓の参　夫婦は向かい合わないほうがいい

正面はあぶない

「子どもと正面から向き合う」「夫婦で向かい合って話す」ということは結構なことに聞こえるかもしれません。

私もそっぽを向くよりは向かい合うほうがいいかと思います。でも、本当に「正面から向かい合う」のはそんなにいいことでしょうか。

またひねくれたことを言い出しやがって、と言われそうです。しかし、たとえば夫婦で向かい合って話す様を想像なさってください。正面から向かい合って話す、というと聞こえはいいのですが、実はこんなに互いの感覚が異なる話し方も無いわけです。

向かい合って話しているときぐらい、互いの見ているものが違う状態はありません。お互いに相手の見えないものしか見ていないといってもいいくらいです。私には家内の顔と彼女の背景しか見えていない。向こうには私の顔と背景しか見えない。互いに何を見ているかはほとんどわかりません。実はそっぽを向いているのと同じくらいに、互いの見ているものは重なり合わないのです。もちろん、そっぽを向いて話し合うというシチュエーションは普通の関係ではありえません。

二人きりで暮らすと、一年も経《た》たないうちに喧嘩《けんか》をする原因のひとつが、向かい合いすぎることなのです。

ところが、ぶつかってしまうことの原因を今の人は、「性格の違い」「価値観の違い」と解釈して納得してしまっている。その挙句にバラバラ殺人事件を起こしてしまうような夫婦までいました。

これも「二人で親密に暮らせば同じ感覚を共有できる」とどこかで勘違いをしているからです。むしろ二人で親密に暮らせば暮らすほど、感覚世界は違ってしまう危険性すらあることに気づかなければいけないのです。

特に相対した場合、感覚は異なってしまうことを頭に入れておいてほしいのです。

感覚の世界の無視ということを始めると、相手との関係にむしろ根本的な誤解を発生していく。たとえば私の「痛い」と相手の「痛い」は別のものだと思わなくてはいけない。感覚はそれぞれ異なるからです。ところが「概念」を先行させた場合、つまり言葉を先に考えると、私の「痛い」と相手の「痛い」は「同じように痛い」ものだと乱暴に捉えてしまう。つまり本来AとBは違うものなのに、「丸めてしまう」のと同じです。

Aさんの「きつい」とBさんの「きつい」は同じ「きつい」だと思ってしまう。すると、「Aさんはきつくても頑張って出社しているのに、Bさんはきついとすぐに休む」となる。実はAさんの「きつい」は軽い腰痛で、Bさんのは四〇度の高熱かもしれません。感覚を無視して概念で考えると、ついつい乱暴な丸め方をしてしまうのです。

私が「おいしい」と思っているものは、あなたにとっても「おいしい」もののはずだ。そうじゃないのならば「あなたがおかしい」ということになって喧嘩になるわけです。

今はあまりにも概念のほうが幅を利《き》かせていますから、なかなかピンと来ない人もいるかもしれません。面白いことに、先日、テレビの取材クルーとこの話をしたところ、カメラマンはこの話がよくわかるというのです。そのせいでディレクターと喧嘩になるんだ、と言っていました。考えてみれば当たり前です。カメラマンの仕事は視覚から先に入ります。感覚的な思考ができなければ話になりません。

ところが、ディレクターは概念から考えるわけです。すると当然両者の意見はぶつかることになります。問題は両者の喧嘩がテレビの正面に出てこないところです。テレビはそれを消してしまうのです。

他人とは直角に交わる

家族の問題の多くは、この勘違いに原因がかなりあるのではないかという気がします。つまり向かい合って暮らしていればよくわかるはずだという勘違いです。

コスタリカに行ったときに面白いことに気がつきました。レストランで食事する恋人同士や夫婦が、横に並んで食べていたのです。彼らは「向かい合うとろくなことはない」と気がついているのではないでしょうか。

もちろんお互いに違うものを見ながら、それでもうまくやっていければ豊かといえば豊かでしょうが。しかし並んで食うほうが感覚は似てくる気もします。イタリアでも恋人同士ならば直角に並んで食べるそうです。

だから夫婦は直角に向かい合うのが正しい、と私はいつも言っているのです。これまでにもよく例にあげてきたのが私と女房との会話です。

あるとき、女房がしみじみ言ったことがありました。

「あなたは、ほんとうに人を見る目がないわね」

私は女房の顔を見ながら、こう言いました。

「ほんとうにそうだよね……」

大切なのは、これで揉《も》めもせず話は済んでいるという点です。

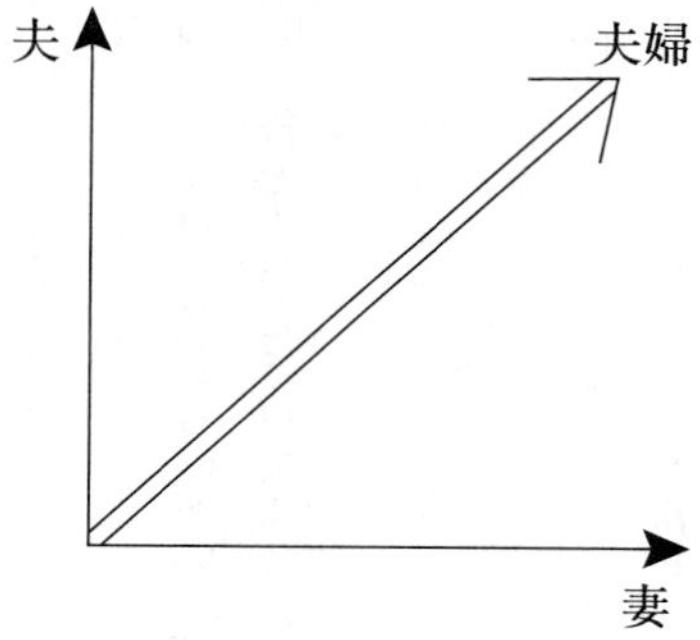

直角はなぜいいか。夫婦は二人で暮らすのだから、外から見ると、必ず合力になります。二つのベクトルが直角になっているときに、力はいちばん大きくなります。いちばん無駄なのは、お互いの向いている方向が正反対なときです。これが無駄なのは誰にでもわかるでしょう。いくらなんでもすべて考え方が正反対では夫婦にはなれません。
まったく同じ向きはどうでしょう。これは良いようで、そうでもない。実は長いほうで済んでしまう。力はなかなか足せないので、長いほうだけあればいい。たとえば「それは奥様のおっしゃる

通り」ということになる。うまくいくかもしれないが、他人同士が一緒にいる意味があまりない気もします。

つまり直角に交わるのがいちばん正しいやり方なのです。夫婦に限らず、人間が共同して作業するときはできるだけ直角になるようにするといい。

合力は強い

面白いことに、武道にもそういう教えがあるようです。古武術家の甲野善紀《よしのり》さんという方がいます。桑田真澄《ますみ》投手などさまざまなジャンルのスポーツ選手に指導したことでも知られている人です。彼がある日、私の家にやってきてデモンストレーションしてくださいました。

甲野さんがお弟子さんと竹刀《しない》を持って向かい合って打ち合う。同じくらいの力の持ち主同士ですから、普通にやったらガチンと当たってそこで力が伯仲して止まってしまいます。実際に最初の打ち合いではそうなりました。

ところが、次の回では甲野さんがちょっとやり方を変えてみました。すると今度は甲野さんが打ち勝ったのです。甲野さんによると力の入れ方が違うということでした。

どちらも竹刀を斜めに振り下ろすという点では同じです。第三者から見ていると同じ行動なのですが、当の甲野さんの意識はまったく違うというのです。

斜めの動きを、垂直、つまりまっすぐ下に竹刀を振り下ろす動きと、水平に身体《からだ》を回転させる動きの合成に分解して考えます。最初にお弟子さんと伯仲したときの意識は「力いっぱい斜めに振り下ろす」というものでした。

二回目のときは分解して考えた「まっすぐ下に振り下ろす動き」と、「水平に身体を回転させる動き」を「同時に別々にやったのですよ」と言うのです。

つまり直角の動きを同時に行ったとき、斜めの力は最大限になったのです。武道をやらない私にはわかったような、わからないような説明でしたが、それでも面白いなと思いました。ここでも「直角」であることが最大の力を生むという理屈だったからです。

実は基礎の学問の価値というのもまさにここにあるといえます。学問において、水平、垂直の方向のベクトルは基礎学問です。その基礎が伸びれば合力、応用の学問は自然と伸びます。

垂直の動き、水平の動き、どちらを伸ばしても構いません。どちらを伸ばしても、合力は伸びていくのです。学問の世界で、応用の学問が軽く見られる理由はここにあります。なぜかというと、応用の学問とは最初から竹刀を斜めに振っているようなものなのです。最初から斜めに振る動きを覚えると、一見、すぐに役に立つように思われます。しかし、実はそれは発展性のないマニュアルを身に付けているようなものです。

本当に力をつけようと思ったら、垂直に振り下ろす動きと真横に回転する動きの二つだけ練習すれば、斜めを練習する必要はないのです。

逆に言えば斜めの動きを一生懸命学ぶ必要はありません。基本の動きを身につけておけばあらゆる応用がきいて、現実に対応できるということです。

最近の学生に基礎学力がないということが問題とされています。問題はまさにここにあります。このことと何にでも「マニュアルください」という学生とはまったく同じです。いきなり「斜めに振る方法を教えてください」ということです。斜めに振るのは別に練習しなくてもいいということが、学生はもちろん先生にもわかっていないのです。

基本があれば力は自然と伸びるものです。単純な例をあげれば、国語と算数を両方やっておくことで論理的にものを書くことの訓練になるわけです。何も改めて「小論文」を学ぶ必要はありません。

甲野さんに教わって私も実際に竹刀を振ってみました。それで「同時に別々にやる」という意味がわかりました。「同時に別々にやる」ことを意識してやった瞬間にまったく違う。何が違うかというと、お腹《なか》にグッと力が入る。よく臍下丹田《せいかたんでん》に力を入れろというけれど、こういうものかと初めて気づかされました。

これが斜めに振ろうとすると肩に力が入る。軽い動きになってしまう。外から見ると同じ動きでもまったく威力が違います。

贈るなら要らないものを

夫婦の話の最後に、近頃よく聞く熟年離婚に触れておきましょう。

何かとっておきの秘策、解決法を期待される方がいたら申し訳ありませんが、結論は「仕方がない」です。

熟年離婚というのは結果に過ぎません。そうなってからでは仕方がないのです。そこに至るまでの蓄積があるのですから素直に受け入れるしかない。そんなもの他人に相談して解決するはずがない。言い出されるまで相手の気持ちが離れているということに気が付かなかった時点でもう駄目でしょう、としか言いようがありません。

そうなる前の人にほんのささいなアドバイスをするとすれば、亭主が女房に時々何かプレゼントするのは悪いことではない、ということでしょうか。

それも贈るものはあまり実用性のないもののほうがいいでしょう。たとえば花です。私はけんかするとただ謝っても駄目だから花を贈ります。これは気合を外すためです。

けんかは武道のようなものですから、相手の気を殺《そ》ぐことが大切です。竹刀のようにぶつかりあってはどうにもなりません。

膠着《こうちゃく》状態になったときに全然普段の生活と関係のないものが登場すると、そこで相手の気合が殺がれる。これがなまじ実用的なものでは駄目です。どんなにいいものでも包丁なんか贈ったら、余計な刺激を与えて「もっと料理しろというのか！」という具合になってしまいかねません。

物を贈るのには思った以上に知恵が必要なのです。

訓の四　面白がって生きる

若い人を気味悪がらない

昭和三〇年代を懐《なつ》かしみ、振り返るような風潮があるそうですね。安倍元総理も、その頃は家族の愛情があった、人と人とのつながりがあった、というようなことを言っていました。

その頃若かった人が団塊の世代です。では、その人たちが今の若い人と大きく違うかといえば、そんなことはありません。さほどの差はないのです。

実感としては、その頃から日本人の感覚的思考と概念的思考のバランスが変化してきたという感じがします。昭和三〇年代は「理想の過去」ではなく、「現在の始まり」だったのではないでしょうか。

その少し前、私自身の子ども時代と私の母親の子ども時代は特に根本的な違いはありませんでした。私が小学生の頃は、母親の実家にはまだ水道がありませんでした。祖父、祖母、叔母は赤痢で亡《な》くなりました。日本中が都市化される前です。

そういう日常生活では自然と感覚が育《はぐく》まれます。しかし団塊の世代あたりになると、都市化が進んできましたから、かなり様子は異なります。

だから今の若い人と戦後の世代とに根本的な差はないのです。情報化社会の中で育つようになった日本人は、どんどん感覚を失うようになっていきました。

「私たちは今の若い人のようにネットやゲームに毒されていなかった」

そう反論される方もいらっしゃるかもしれません。確かに団塊世代の青春時代にはネットもゲームもなかったでしょう。

そして、多くの老人がネットやゲームを人間性を疎外《そがい》するものとして、悪玉扱いしています。今の若い人たちはそういうものにのめりこんでいるから、おかしくなったのだ、と。

学者の中にもゲームは中毒性がある、子どもの脳に悪影響を与えると主張する人がいるくらいです。「ゲーム脳」という言葉はずいぶん一般化しました。

しかし、そんなことはあまり根本的な問題ではありません。

本ばかり読まない

最近の「ゲーム有害論」を聞くと、思い出すのが二宮《にのみや》尊徳のことです。ご存知ですね。昔はどこの小学校にも読書しながら薪《まき》を背負って歩く尊徳の銅像があったものです。

そんなに本が好きなんて感心な話だ、だから偉くなったんだ、というのはあくまでも後世の解釈です。実際にはどうだったか。

本好きにもほどがあるぞ、ということで尊徳は身を預かってくれたおじさんに読書を禁止されてしまったのです。お馴染《なじ》みの薪を背負って本を読んでいる姿の由来はここにあります。

つまり、目を盗んで読むしかなかったから、外で働きながら読んでいたのにすぎません。「尊徳は本に毒されている。何を考えているかわからない」と当時の大人に思われていたのです。この「本」を「ネット」や「ゲーム」「携帯」に入れ替えればそのまま今の話になるでしょう。

活字中毒なんて言葉は最近のものですが、現実に本を読むという行為には中毒性があります。そして当時の世間の常識は「本なんか読んで何の役に立つのか。体を一生懸命使って働いて、ギリギリで生きていかなきゃならない。本なんか読んだらそこがおろそかになる」というものでした。いかがでしょうか。ますます現代のゲーム批判とまったく同じ論法ではないですか。

そんなの大昔の話だと思われるでしょうか。食うや食わずの時代と今とを一緒にするな、と思われるかもしれません。

しかし、実はそうでもないのです。私が大学院生の頃、つまり戦後すぐの頃でも私の先生はやはり本ばかり読むなと言っていました。「日の光があるうちは本を読むな」と言われたものです。

先生のいわんとするところは、こういうことです。「読書にばかりふけっていると、自分で考える癖がつかなくなる。仕事をするときに本をあまり読みすぎると、そちらに引きずられてしまう」。確かにその通りなのです。

そのときの癖が残っているので、私は今でも電車での移動中やトイレの中など、何かをしながら読書します。机の前で本を読むのに専念するということは滅多にありません。

ゲームと同様に本も中毒を誘発するのです。もっといえば、文化や文明は、基本的には中毒性のあるものを多く含んでいるのです。

中毒はいけないと警告する人は多いのですが、じつは大抵のものに中毒性がありま す。しかも私たちが文化だ、文明だと思っているものの多くは動物からみれば不必要なものばかりです。成人式や結婚式といった文化的なしきたりには何の意味もありません。それでも多くの現代人が手間と金を使って熱中しています。

本を読むなと言っていた尊徳のおじさんは、おかしな人ではありません。当時としてはまっとうな人です。概念先行の尊徳と比べたらきちんと感覚を使っていた人かもしれません。

往々にして、人は自分の親の世代の感覚は何となくわかるのです。しかし自分の子どもの世代になるとわかりにくくなってしまう。それはさまざまな前提とする常識が違ってきてしまうからです。

つまらない本はない

もちろん、本を読むなと言っているのではありません。そんなことを本の中で言うくらい馬鹿《ばか》な話はない。

私はゲームもすれば、読書もします。ただし、あくまでも読書は自分で考える材料にすぎないと考えています。

つまり本は結論を書いているものではなく、自分で結論に辿《たど》り着くための道具です。私自身は本について、「本屋さんとは、精神科の待合室みたいなものだ。大勢の人(著者たち)が訴えを抱えて並んでいる」と思っています。

年を取っても新聞を読んで、きちんと世の中の動きについていったほうがいいという考え方は一般的です。テレビもきちんと見て、ニュースもきちんと知っておいて、地球の裏側の情勢だって知っておいたほうがいいという感じがあります。

世界情勢に詳しい老人のほうが、近所しか知らない人よりも偉いという捉えられ方はあるようです。

私は本や新聞を読んだりテレビを見たりするけれど、それはすべて自分の見方の参考にするためにすぎません。

そう考えると、つまらない本というものはあまりなくなるのです。どんなに自分と異なる考えの本でも、「この人、どうしてこんなことを言うのかな」と考える材料にはなります。つまらないときには、「なぜこんなつまらないことをわざわざ書こうとしたのか」を考えることができます。なぜ、つまらないのか、どう書いたら面白いのかとか、そういうことを考える材料になります。

実はこれは本に限った話ではありません。人と接する際でも同じことです。「この人、なぜこんなに怒っているのか」「なぜこんなに不機嫌なのか」と考えていれば、好き嫌いがあまりなくなるものです。

こちらは仏様ではありませんから、実際には好き嫌いも当然ありますが、それがあまり表に出なくなるのです。「この人、なぜこんなことしているんだろう」「なぜこんなことを考えるんだろう」という具合に、いろいろなことを考えていればいいのです。そう考えていればよほど腹の立つ人、不快な人に対しての許容範囲は広くなるのです。それでいいのです。直接、お互いに生死に関わるやりとりをしているわけではありません。

宮本武蔵《むさし》が勝負している時代ではないのですから。

好き嫌いはなくす

好き嫌いみたいなものはどんどん減ったほうが楽です。そのことに、私は子どもの頃から気づいていました。虫が教えてくれたのです。

虫というのは好き嫌いが人によって相当異なる存在です。ゾウムシなんてものを「かわいい」と言ってくれる人よりは「気持ち悪い」と言う人のほうが多い。これは間違いありません。そのへんははなからわかっていました。

そもそもたいていの人は虫なんかに関心を持ちません。また一口に虫好きといっても、蝶々を採っているのもいるし、カブトムシを採っているのもいるし、カミキリムシを採っているのもいます。好き嫌いはそれぞれです。それが当たり前なのだと思ってきました。

違っていて当然だから、そういう連中が集まったときには、むしろ、共通のことは何だろうとすぐに考えるわけです。

通じて当たり前ではなく、一所懸命「同じ」になることを探すのです。折り合えるところ、落ち着きどころを探します。皆が違うから共通項を探していこうということになる。

こういう子どものころから、不思議だったのは、世間には、ほんとうに何気なく素直に適応できる人が意外と多いことでした。

「世の中、こういうものです」というと、「そうですか」とすぐに納得できる人です。どこが「同じ」か、落ち着きどころはどこか、なんてことを考える必要もなく、「同じ」に同化してしまうのです。

　こっちはそれができません。だから大変でした。「違い」を意識して、自分で考えていくしかない。あそこが違う、ここが違うと、いちいち引っかかるからです。「世の中、こういうものです」という丸め方を意識して覚えなくてはいけなかった。いまでもいろんなことにひっかかってしまうので、何気なく素直に適応することはできません。いろんなことを言葉で説明しないと前へ進めない。言語化して理屈を考えないと適応できないわけです。

　たえず言語化する。「どうして、こうなっているんだろう？」。それをときに世間の人は屁理屈《へりくつ》というのです。

　これは丸められる人が正しいとか、丸められないほうが正しいとかそういうことではありません。私自身が理屈で筋を作って納得するといちばん落ち着く性質だということです。

　自分の好き嫌いと世の中の感覚とにギャップがなければ適応しやすいから楽でしょう。しかし虫好きなんていうタイプはそれでは通らないのです。

　以前、テレビのインタビューを浜離宮庭園で受けていたときの話です。インタビュアーのアナウンサーの足元に小さな虫がいるのが気になって、それをじーっと見ていました。そのせいで話が上の空になってしまいました。さすがに相手も気づいて、インタビューが終わったあとに「虫を見ていたでしょう！」と怒っていました。

虫好きである私をそのまま押し通すとそんなふうになってしまう。世間で怒られるわけです。

女房を見ていると、女性のほうが感覚的に世間への適応能力が高いようです。だから小難しいことを考えなくても適応できる人が多い。

しかし私のほうは虫、ひいては自然のほうと感覚がフィットしている。

そういう人間にはどうしても世間、つまり人間社会が作り物に見えてしまうのです。こちらは概念的思考が幅を利《き》かせています。

すると、「なぜ、こうなっているんだよ?」と、世間のほうをこちらから説明しようとする。つくづくよけいなお世話だと思うのですが、どうしても他人様のやることを説明することになってしまう。頼まれもしないのに「あんた、こう考えているんだろう」と書くわけです。それが「精神科の待合室に並ぶ」ということになるようです。

細かいことを気にする

「そんな面倒なことを考えないで、どんどん丸めて考えるほうが楽だし、世間に適応できるし、いいことずくめじゃないのか」

そう思われるでしょうか。ところがそうとばかりは言えないのです。

世界というのはとても微妙なものです。たとえば水はH_2Oだとされていて、みんな同じだと思っていらっしゃるかもしれませんが、そんなことはありません。細かい説明は省きますが、実際に存在している状態では水の分子同士のあいだで相互作用をもっているのです。もちろん、だからといって私は水イコールH_2Oという捉え方を批判したいのではありません。そう考えないと話が進まないのはこれまでにも述べた通りです。

私が集めている虫は、「違う」ということに注目すれば、きりがないくらいに個々の虫に違いが発見できます。その「違う」点を整理して、何とか「これとこれは同じ」とすることを「情報化」といいます。

「これは新種だ」という虫がいた場合、それは、今までの人たちが気がついて見つけていなかった「違い」を発見したのだということです。私が見ている「新種」は、今までの人が同じと思っていたものを、「よく見ると違うでしょうが」と言っているにすぎません。

最初に申し上げたように、この「よく見ると違う」というふうに捉えるのが感覚です。でも、「そんなことを言ったら、全部違うでしょう。人も一人一人全部違うでしょ」ということになるから、ある程度は整理して「同じ」としていくのです。その作業に役立つのが言葉です。

ですから感覚を重視せよといっても、私は「同じ」とする仕事をバカにしているわけではありません。むしろ虫の「違う」を探し続けて分類するという行為は、別の見方をすればある虫と別の虫の「同じ」を見つけていくという作業でもあります。

ただし、世界を見ると、同一性であまりにも安直にまとめてしまい、全部「同じ」だと考えているから、それに対して「冗談じゃねぇよ」と思うのです。こんなに違いがあるのに、「虫でしょ」の一言で片付けられてたまるか、と。

私と話が通じる人は、基本的にどこかでそれがわかっている人だと思います。そして虫好きが多い。それは偶然ではないはずです。

健康法を信じない

世に多くある「健康法」は「ああすればこうなる」式に単純に丸めて考える間違い

の代表です。納豆を食べたらやせる、という論法に代表される、「これを食べたら○○になる」というような単純な図式は決して成立しないのです。

生態系と同様、体もバランスが重要です。これを食べればこうなる、というのは近代的な因果関係一本やりの考え方から来ています。むしろ漢方医学が言うバランスを重視する考え方のほうが正しい。

だから健康法といえば感覚を磨くのも健康法です。そのためには結局、外に出て、いろいろな変化をきちんと意識し続けるしかないのです。それ以上に何も特別のことをしようと言っているわけではない。

誰でも田舎に行くと空気がいいとか、気持ちがいいとか言うでしょう。結局、身体《からだ》にいい事を総合して受け止めてそう言っているのです。できるだけそういうところに身を置けばいいのです。

そうすると必ずまた「それがどうしていいのですか」という話になる。でも、意識できない話だから、これ以上は言葉で説明しても仕方がないのです。

東京のど真ん中で、車がたくさん走っている横をジョギングしている人たちがいました。排気ガスのなか、走ることが本当にいいかどうか。

感覚を磨いていると、少なくとも自分の調子が悪いことに気づきやすい。きょうは空気がまずいなと感じることもあれば、「きょうは元気だ、タバコがうまい」ということもあります。日々、そういういろいろな兆候がある。それで駄目なら、あきらめるというのが、私の考え方です。

どうやっていたって、思いもよらない病気になることがあるわけですから。

柔らかい地面を歩いてみる

年を取って頭が固くなるというのは、頭の中の概念が固定化してしまっているということです。強固な概念のピラミッドのようなものが出来上がってしまい、様々な「違う」が見えてこない。細かい違いが見えなくなっているのです。

今のように、どこに行っても快適な温度が保証されていて、どこにいっても同じようにテレビが見られて、となると感覚が鈍くなってしまい、頭が固くなります。

結果として、今の人の頭の固さは相当なものになっていると思います。

「固さの違う地面を歩いたことあるか」と私はよく人に聞いてみます。都会の人に限らず、多くの日本人が同じ固さの平らな地面しか、普通は歩いていないでしょう。田んぼに行ってごらんなさい。田んぼの中と、あぜ道と、草の生えているところと、裸の土地と、霜柱と、全部違う。

それをアスファルトで舗装して、全国均一にしている。この世界はそんなふうに感覚を消してしまっているのです。

虫採りをやるとよくわかりますが、山道を歩くと踏んでいる地面の質が変わる。都会の人はそういう生活をしていない。

固くて平らな地面しか歩かない。

すると結局、脳みそがサボる。そうしたら、生活を変えるとか、そういうことができなくなってしまう。

ついつい不便をなくそうとしてしまうけれども、それは不自然なのです。身体は五億年かかってできている。人間は生物なのですから、そういう自然の状況で動くようになっている。それを限定された状況においては、おかしくなる。

そのツケはどこかに出てきてしまうのです。

いっそのこと都会の階段を一段一段、奥行きと高さを変えてみたら面白いかもしれません。みんな怒るでしょうけれども、感覚は研ぎ澄まされる。

危ない、そんなの大問題だ、と思われるでしょうか。しかし、どうして問題が起きてはいけないのでしょう。もともと人生なんて問題の集積だと思うのですが。

訓の五　一本足で立たない

「何でもあり」は結構なこと

一日一〇分間でいいから自然のものを見るといいですよ。

私はこれまでいろいろなところでそうお話してきました。それが頭を硬直化させないためには一番いい方法だからです。ここでいう自然のものとは、人間の手が加わっていないものです。

外に出ていたら日光がどんどん変わっていく。今まで日が当たっていたところが影になる。気温も変わる。風向きも変わる。匂《にお》いも変わってくる。自然に接していれば知らず知らずに感覚を使います。

都会にいるとそれがきわめて限定されたものになります。特にオフィスの中に閉じ込められたら、何も変わらない。

そういう変化とはオフィスの入り口で縁を切ってしまう。天気がよかろうが、悪かろうが、関係ありません。

ずっとこもって仕事をしていると、「きょう、雨が降っていたの」と帰りがけに気がついたりする。

そういう生活は、生き物としては変です。まさに不自然です。

「脳を鍛える」というようなゲームがあります。もちろんゲームそのものは否定しません。私もゲーム好きですからね。

でも、それで脳が鍛えられるなんてことは期待しないでください。ゲームとして楽しむぶんにはいいですが、そんなもので脳が鍛えられるわけがありません。本当に脳に刺激を与えたいのならば、外に出るのが一番なのです。だから「考えるな」「体を使え」と私は言うのです。

もちろん考えずにただ運動だけをしていても仕方がない。ジムでバーベルを持ち上げ続けたり、ランニングマシーンの上を走り続けたりしてもあまり意味は無い。すべてはバランスです。

虫採りをするときには体と頭の両方を使っています。私の友人で虫好きが嵩《こう》じてラオスに定住してしまった人がいます。彼は虫採りのために超人的な動きをしていますよ。

一口に虫採りといっても、相手によって、時期によって、場所によって、やることが全部変わります。私は葉を棒で叩《たた》いて、それで落ちてくる虫を網で受け止めるというやり方で採っていますが、どの葉を叩くかで結果は変わってきます。草の葉もあれば灌木《かんぼく》の葉もある。

自然に出れば、その多様性がよくわかります。言葉では「同じ」とされている虫もみんな違います。花でも木でもみんな違いがあります。いわば「何でもありの世界」なのです。

近頃は「何でもあり」という言葉は悪口のように使われます。「それじゃ何でもありじゃないですか」というのは何か非常に筋の通らないことをしている人に対して発せられます。

でも、私はそういう物言いを聞くと「どうして何でもありじゃ、いけねぇんだよ」と思ってしまうのです。自然にはこちらの想像をはるかに超えた多様性があります。「何でもあり」です。そしてその多様性を感覚的に捉えられることこそが、頭を柔らかくする秘訣《ひけつ》なのです。

「仕事は自分のため」ではない

「何でもあり」に限らず、時代によって言葉の意味が変わってしまうということはあります。

柳沢大臣（当時）が女性のことを「産む機械」と言ったことが大問題になりました。この失言問題では、多くのメディアが「日本の古い世代に典型的な考え方」と切って捨てていました。しかし、あの発言は本当に古い世代の考え方でしょうか。

私は、むしろあの発言を「古い世代の考え方だ」と見てしまうことが、今の人の典型的な勘違いではないかと思ったのです。

柳沢発言は、非常にモダンな発言だったと私は考えています。女性の特徴を概念化して突き詰めていけば、「女性は産む機械」という表現になっても不思議はないのです。

個々の女性の違うところに注目せず、「同じ」ところだけを丸めていった結果、もっとも特徴的な部分を表現したら、ああなるのです。柳沢さんのその考え方は、今の人の特徴をよくあらわしていると思うのです。

おそらく柳沢さんも猛反発を喰らって、女性は産む機械という単純な概念化では収まらないことが嫌というほどわかったのではないでしょうか。あれだけ文句を言われたら、「女性は文句を言う機械でもありました。ごめんなさい」と言い直さなければいけないと気づいたはずです。

別の言い方をすれば、柳沢発言は人間を機能として捉《とら》えた結果の産物だといえます。なぜそういう考え方になるのか。彼の出身は大蔵省（現・財務省）です。つまり考え方のベースに経済があります。

経済界における典型的な業績主義、能力主義があの考え方の背景にあるのです。子を産むのは女性特有の機能、つまり「能力」で、男性が持っていない「能力」です。人間を見る際に「能力」の有無で見ています。

その意味において、柳沢発言を否定している人たちも実は同じような考え方をしていたのではないでしょうか。だから今の人の典型だと言ったのです。「社会的に進出して仕事をしている女性を尊重していない」うんぬんという主張なんかはまさにコインの裏表みたいなもので、人間を機能で見ている点においては大差ないように思うのです。

私は彼の発言で批判されるべきはその能力主義、業績主義をベースに置いているということだと思っているのです。さすがに一時期よりもこの種の考え方は評判が悪くなってきましたが、それでもまだ根強いようです。

もちろんある程度の能力が評価されるのは当然です。しかし、その評価方法があまりに幅を利《き》かせると、偉くなった人は「俺は能力があるから偉くなったんだ」と考えるようになります。そうすると、仕事が世間のために必要だから存在していて、あくまでも自分はそのお手伝いをしているのだという考えが消えてしまいます。本当はそれが肝心なことのはずなのです。

昔の企業にはどこかで「世のため、人のため」という考えがありました。たとえば松下幸之《こうの》助《すけ》さんにはそういう考えがあったはずです。今の人の考えだと、それは建前だとか売名行為だとか思うかもしれません。「企業イメージをアップさせるためのきれいごとでしょ」と。でも松下さんにはどこか本気でそう思っているところがあったのです。

仕事は「預かりもの」

ところが能力主義、業績主義を徹底させていくと、その考えが途絶えてしまうのでませんから、あの小学校の跡地のいい利用法の知恵がないでしょうか」と言うのです。

この人たちは普段はお上に任せきりで、何かあったら泥縄式に文句を言うというようなことはありません。

まずは身の回りから

井上ひさしさんによれば、イタリアのボローニャは京都によく似ているそうです。ボローニャの基本方針は地方が国から金をもらわないこと。日本のどこかに聞かせたいような話です。

議員は無報酬、手弁当です。そのため議会が開かれるのは夜になります。議員もみんな他に町の仕事を持っている人ばかりなのです。だから仕事が終わった時間にやらざるをえません。住民の七割が共産党で、七割がカトリック。約半分が両方を兼ねているというのも面白いところです。

この場合の市民というのは、日本の市民運動のそれとは異なるように思います。別に反政府、反権力というのではなく、自分たちの身の回り、地元のことはなるべく自分たちでやっていこうという人たちです。本来、市民運動の市民も、こういう状態を目指しているのかもしれませんが。

この市民たちのスタンスは、言い換えれば下から立ち上げていくスタンスだといってもいいでしょう。これが感覚の世界から考えて行くという話とつながるのはおわかりでしょうか。

日本ではよく何か不都合や不祥事があってから、「こんなトップを選んだつもりはない」と言ってもめることがあります。しかし、実際にそういう人を選んだのは地元の人たちです。

たとえば談合で知事が捕まったら、みんな寄ってたかって「けしからん」となります。「俺が選んだ知事をなぜ捕まえるんだ」と警察や検察に抗議行動する人がいてもおかしくない。でも見たことがありません。

これはさきほども述べたように自営業が少ないこととも関係があると思います。日本は組織的に自営業を潰《つぶ》していっています。そのため個人商店は次々と消えていきました。

商業のみならず、近頃では農業まで組織的にしていこうという動きが強いようです。経団連の会長あたりが農業を工業化するというようなことを言っています。でもコメを作るのは、カメラを作るのとはわけが違います。そんな簡単にいくはずがありません。今の人の生き物を扱うことに関する傲慢《ごうまん》さが現れています。

ここでも感覚が落ちているのです。

何でも昔がいいわけではない

もちろん地元のことにきちんとかかわることは大変です。京都の人の間では「中京には嫁にやるな」という言い伝えがあるほどだそうです。中京とはさきほどの小学校のあった地域のあたりのことです。あそこに嫁に行くと苦労するよ、と言っているのです。

それだけ地域の関係が厳しいということでしょう。ただし、逆に、それだからこそ京都の街がもつのです。

悪くいえばみんながおせっかいだということです。京都の町中でずっと暮らしていれば、おせっかいになるのが当たり前です。

よその子どもを叱《しか》るにしても、きちんと理由があります。決して「このままでは、あの子は駄目になってしまう」ということだけが理由ではありません。「あの子がこのままここに住んでいて、おかしな大人になったら、育ったときに俺が困る」ということです。だからあまりに素行の悪い子どもには、「冗談じゃないよ」と怒るわけです。

今は、地域に長く住むことが前提ではありませんから、近所の子どももどこに行ってしまうかわかりません。少々素行の悪い子どもがいても、「たまたま隣に住んでいるだけで、そのうちどちらかが引っ越すのだから我慢しておこう」となります。下手に注意して逆ギレされたら損だ、と考える。そういう意味では他人に対して無責任になったといえます。

もしも最近の老人がよく言う「昭和三〇年代あたりまでの日本には人情があった」ということに多少の真実があるとすれば、それは個人の資質の問題ではありません。その頃にはまだこういう世間の構造が残っていたということです。

しかし、実はそうした傾向も今に始まったことではありません。荻生徂徠《おぎゅうそらい》が既に、「江戸の人間は旅の宿の人だ、旅宿人だ」といっています。つまり無責任だというのです。待遇が悪いとすぐに出ていってしまう、辞めてしまう。

これが田舎はそうはいきません。代々、同じ家に仕える奉公人でこの後もそうだろう、となると孫子の代まで考えるから、お互いにもっと辛抱することになります。

これはいい面もあるけれど、うっとうしい面もあるのです。「中京には嫁にやるな」

というのもうっとうしいからです。いい面と悪い面の両方がある。

同様に昭和三〇年代の人が温かかったのではなくて、まだ世間、つまり古い共同体の名残があったということです。今後日本で新しいタイプの共同体がどうやったらできていくのかは大きな鍵《かぎ》になるでしょう。

常識をひっくりかえす

地域にしても家族にしても、日本は細分化しすぎました。

東南アジアはいまでも共同体意識が強くあります。少なくとも昔の日本的な「家」の感覚が残っているようです。親戚《しんせき》一同のうち、誰かが成功して大きな家を構えたら、それこそ、いとこくらいまで全部、住み着いてくる。見ようによっては、たかりです。しかしそういうことがあるのも仕方がない、当たり前だという考え方です。私が向こうの人ならば、今頃ヒマそうな遠縁の誰かに虫の標本を作らせておくことになっていたかもしれません。

昔の日本を知りたければ、ブータンに行くといいでしょう。昭和一〇年代後半から戦後間もない頃の日本の雰囲気が残っています。物を買うときでも現金決済ではなく、主に信用取引です。

私の子どものころはそうでした。鎌倉の家でも酒屋や米屋の支払いはまとめて後で払うというやり方でした。

子どもはお金を持たされなかった。だから、紙芝居を見るのに苦労したのです。お金がなければ水あめが買えません。

別にこの時代に戻れなどと無茶は言いません。ただし、行ってみればかつて日本もこうだった、ということがよくわかる。そして今の人はそういう時代は不自由で不幸せだったと思うかもしれないけれども、そんなことはないのもよくわかる。

子どもの顔を見たら、私たちが子どもだった頃と同じだと思った。ぼろを着ていても、ツギが当たっているし、清潔です。それでニコニコしていて、野原で走り回っている。顔も日本人によく似ている。

今の日本人が信じている約束事が絶対的なものではないことがよくわかる。

こちらの常識がひっくり返ります。ばあさんが主人面で泰然としていて、亭主が赤ん坊をおんぶしていたりします。

まだやることがある

昔がよかった、自分が若い頃、昭和三〇年代がよかったと思う方は、とりあえず自分から実践して何らかの共同体を作ればいいのです。自分の責任においてまず行動をすればいい。

たとえば「青の洞門」を理想としてみてはどうでしょう。菊池寛が『恩讐《おんしゅう》の彼方《かなた》に』で小説にした実話です。人が毎年何人か崖《がけ》から落ちて命を落とす場所があった。ある坊さんがこれは何とかしなければいけないと、三〇年間槌《つち》とノミだけで、一生懸命掘り続けた。そうやって本気で掘っていたら、いつのまにかトンネルが開通して人助けになったのです。

またカンボジアにＰＫＯで出かけていた自衛隊のＯＢが、「まだやることがある」と言って現地に行って作業しているとも聞きました。こういうことがまっとうな行為なのです。

もちろん、みんながそこまでのことをしなくてもいい。でも、近所が荒れていてけしからんと思うのならば、ごみ拾いから始めればいいのです。

以前、小沢一郎さんにそういう話をしたことがあります。小さな社会貢献のようなことを老人にさせて、それに対して国家は報酬を払えばいいじゃないか、と。そうすれば少しは不機嫌もなくなるはずです。どう聞いたのかはわかりません。少なくとも小沢さん自身あまり幸せそうな顔をしていない気もします。

別に地球全体とかアフリカとかを救う必要はありません。それは体力と時間にあふれた若い人に任せればいい。老人は近所のことで十分です。

ここでも肝要なのは「分相応」です。自分の出来ること、身の回りのことをきちんとする、でいいのではないでしょうか。

今ではマンションのような小さな共同体の管理も基本的には管理会社に任せます。住民が何かを一緒にやることはほとんどなくなっています。理事会で決めるのは管理会社に何をやらせるかということです。

便利といえば便利。しかし手抜きだともいえます。現在の多くの社会的な問題というのはそういうことの集約です。みんなが手抜きをしている部分が表出している。

本気で首長を選ばないから、あとになって「こんないい加減な人とは思わなかった」となるのです。選ぶときに手抜きをしたツケです。

手抜きの弊害がもっとも見られるのが教育です。人間がどうしてもせざるを得ないことのひとつが教育です。

だから教育基本法をいじろうとか、会議で何とかしようとかしているのでしょう。しかし、国がかりで大勢集まって議論するよりも、自分が子どもの面倒をどれだけ見るかのほうが、よほど大切です。

私は常々「問題なのは少子化じゃなくて少親化でしょう」と言っています。子どもが減ったのではなく、親になりたい人が減ってしまっただけのことです。

要は手間をかけたがらない人が増えたということです。しかし手間を省いたら成り立たないことというものがあります。生き物の面倒をみることが典型です。子どもの教育が駄目になった根本はそこです。

訓の六　こんな年寄りにはならないように

仕方がないで片付けよう

店などで店員さんにねちねちと怒る人がいます。年寄りに限らないものの、まあ年寄りに多い。

注文を間違えた、釣りを間違えた、説明が悪い、態度が悪い……。

昔話のいいおじいさんみたいに、年をとったからといって誰でも温和になるなんて大間違い。内田樹《たつる》さんの表現を借りれば「他責的」な人です。他人を責める傾向が強い人が増えているようです。

電車の中、特にグリーン車でもこういう人がいて、結構うるさい。正確に言えば、私に対して「うるさい」という人が結構いてうるさい。たとえばパソコンを使っていると、「カチャカチャうるさい」と車掌を通して文句を言ってきます。とても神経質です。

キーボードの音は、新幹線そのものの轟音《ごうおん》に比べれば大したことはないはずです。ところが人間の耳は注意を集中してしまうと、ある周波数だけを捉えてしまうという癖があります。いったん「キーボードがカチャカチャうるさい」となると、そのあとはそれが気になって仕方がなくなり、一方で新幹線の音は無視してしまうのでしょう。

相当うるさいところでも、きちんと話が聞こえるのもこの周波数を選択する性質があるからです。こちらからすれば、ボーッとして聞かなければいいだけだろうと思うのですが、どうしても気になって、クレームをつけるということになるようです。

なぜそんなに気になるのか。私自身がそういう細かいことが気になる性質ではないのでよくわかりません。

確かに日本はあちこちがうるさいといえばうるさいのは事実です。箱根の山の中でも四時になると時報代わりに「箱根の山は天下の険」が鳴る。八月一五日には「黙禱《もくとう》」とアナウンスが流れる。新幹線でも駅から出発するたびに日本語と英語とで同じアナウンスをする。

しかしあまり気にしても仕方がないのではないでしょうか。

実はこの「仕方がない」という感覚がないのが今の人、特に都会の人です。

都会の人とは「仕方がない」を言わない人たちだと言ってもいいでしょう。町の真ん中で子どもが石に躓《つまず》いて転んで、骨を折ったら、「誰がこんなところに石を置いたのだ」と言う人たちです。

山に行って子どもが石に躓いて転んでも、「注意して歩け」と怒るだけです。石に「転がるな」と怒る人はいません。

根本はここです。つまり自然の中では不測の事態が起こることが前提になっているけれど、都会は不測の事態が起こらないことが前提になっている。何ごとも考えたように進行する。ああすればこうなるということが前提となっている。世界とはそういうものだというので、少しでも想定外のことが起こると必ず文句を言う。「仕方がないでは済まされないぞ」とすぐに言いたがるわけです。釣銭間違えられたくらいで。

みんなが都市に住むようになったということは、そういう人が増えたということです。だから今は何人かがかかわることを始めるとなると、えらく準備が大変になります。

「こういう人がいたらどうする」「ああいうことが起こったらどうする」とあらゆることを事前に検討しないといけないような雰囲気がある。あらかじめ考えることが美徳というか、当然になっている。ああすればこうなる、こうすればああなる。それをずっと調べて、全部がうまくいくようにする。

ところが、自然相手ではそうはいきません。農業をやっている人はよくわかっているはずです。明日の天気はどうかだってこっちの予想通りにはならないし、思い通りになんかなるはずがない。考えても「仕方がない」ことの連続です。少々まずいことが起こっても、農民は「仕方がない」と言っていたのです。

このように物事を考える根本が、都会とはちょうど正反対です。

このことに気づいたのは私自身が都会で暮らすようになってからでした。明確に言語化こそされていませんでしたが、「仕方がないと言う奴《やつ》は敗者だ」という暗黙の教育を若い頃に受けた覚えがあるのです。こういう考え方の人は、人間がつくった世界だから、人間の考え方でどうにでもなると思い込んでいるのです。

都会的な考え方では「仕方がない」というのは言ってはいけない言葉でした。その逆に「言うべきこと」とされたのが、権利の主張です。「やって当然でしょう」「言って当然でしょう」という物言いです。

金を余計に払ってグリーン車に乗ったら、そこは「俺の好みの静かな環境」でないと「いけない」し、それを用意しろと要求することが「勝ち」だということです。

世の中は思い通りにならないもの

ほんとうにグリーン車が無音のような静けさだったらどうでしょう。自分の会話がみんなに聞かれそうだから嫌かもしれません。そんなふうにめぐりめぐって、自分も辛《つら》くなるはずです。実は一番快適な状況というものは、だいたいの人でそう違わないものです。

私は電車で無闇《むやみ》に「うるさい」と怒る人については、仕事がうまくいっていない人だろうと思うようにしています。仮にうまくいっていたとしても、それはたまたまであって、「無理して仕事をやっている人なんだな、気の毒だな」と思うのです。

キーボードの音は他人にとって面白いものではないでしょう。でも、よそのおばさんの話というのは聞き耳を立ててみれば面白いこともあります。ときどき私もつい聞いてしまいます。

これを面白いと思うのか、「うるさい」「つまらない」と思うか。そこが、人として余裕があるかないかの違いではないでしょうか。

電車で化粧している女の人を怒る人がいるけれど、見て面白ければ見ていればいいのです。「何見ているんだよ」と言われたら、「外でやってるのが面白いから見ているんだよ」と言い返せばいいだけです。

少々脱線しましたが、もっと今の人は「仕方がない」と考えることを身に付けるべきです。そして「仕方がない」と言うべきです。

生死に関することでも今の人は徹底的に何とかしようとします。それこそ、希望のない患者に対しても無理やりな延命処置をします。死んでも生きろと言わんばかりです。

「仕方がない」と言えない社会だから、安楽死および尊厳死をめぐる様々な問題も出てくるわけです。

それをひっくり返せば、自分の思うように世界はできていると、どこかで思い込んでいるということになる。自分の思い通りになるはずだと。そこが、今の人と昔の人とでいちばん違うところではないでしょうか。

昔の人は、「世の中が思い通りになるわけねぇだろ」というところが前提だったのです。

脳の中の世界は思い通りになります。都市は脳を反映して作られたものですから、「仕方がない」が通用しづらい。私がマンガやファンタジーが好きなのは思い通りになる世界、それで支障のない世界だからです。実はそういうものを読んでいれば実生活でそうフラストレーションを抱えなくてもいいのですが。

下手な物知りにならない

年寄りは物知りだ、ということになっています。ある意味で間違いではありませんが、行き過ぎるとなんでも「そんなことはわかっている」とばかり言うことになるのです。

要するに、人の言うことを聞かないということです。こういうニュースがあったとかいうと、「そんなの昔あったよ」とか、やたらとしたり顔をする。せっかく箱根で良い景色を見ても、「箱根も俗になったねえ」みたいなことを言うのです。

これも年寄りが注意しなくてはいけないことでしょう。晩年の加藤シヅエさんと話したら、「ラジオで『年寄りの生き方は日に一度感動しようとすることだ』という話を聞いて感激した」と言っていました。

加藤さん自身も感動することは長生きの秘訣《ひけつ》だと考えていたのです。感動することは、「わかっている」じいさんのちょうど逆です。毎日毎日、新しい経験をしているからこそ感動できるわけです。

それはまた感覚で細かい差を捉《とら》えられるかどうかにかかっています。感性があるかどうかの問題です。

もしも「わかっている」ことばかりなのだとすれば、その人は物知りでも何でもありません。もう目も悪くて、鼻も利《き》かなくて、耳も悪いということです。言うまでもありませんが、実際に障害があるというのでなければ、本人の意識の問題です。

目が悪ければ、いくら本物を見せても同じに見えるだけです。ピカソの絵でも私の絵でも「どっちも絵でしょう」で終わりです。細かい差がわからなくなっている。

そもそも老人になれば、生物的に目が悪くなるし、耳が遠くなるのは必然です。だからこそ気をつけなくてはいけない。

感動する対象はそんなに珍しいものでなくてもいいのです。山の杉林も毎日見ていれば少しずつ色が変わる。それがわかる。私はそれを見て驚いたり、感動したりしています。一日飽きません。

感動する方法は、本を読んだり、ラジオを聞いたりでも構いません。でも実はそういう世界には感動することは少ない気がします。それこそ「昔もあったよ」となるかもしれません。

ところが、自然には、新しい発見が無限にあります。

なぜ私が飽きもせずに虫を見ているか。お金にはまったくなりません。尊敬もいっさいされません。しかしとにかくいつも発見があるのです。「えー?」「こんなことがあるのか!」と。これほどいいことはありません。

ある夜、いつものようにゾウムシを解剖して調べていたときには、数十年来の謎《なぞ》が解け、感動したことがあります。四国のゾウムシを調べていくと、剣山の頂上付近のやつだけが形がまったく違う。

「ああ、やっぱり違うよなぁ」と思って、その感動だけで一日もつのです。これこそが思いがけない幸福です。

虫の話を細かくしたら嫌がられそうなので省きますが、四国のゾウムシのおかげで小学校のときから抱いていた「吉野川はなぜ変な形なのか」という謎が解けたのです。四国の吉野川はクランクのような形で流れていて、明らかに変なのです。私はこの形が子どもの頃から不思議で仕方がなかったのです。何か大きな地殻変動があったとしか思えない。

四国でのゾウムシの分布が異なるということで、その仮説が証明されたのです。もちろんこの仮説自体、私が勝手に思っていることですから、本当に正解かどうかはわかりません。日本地学会の雑誌に論文を書いたわけでも何でもありません。ゾウムシからこんなことがわかりました！　と意気込んでも「養老さん、それはご苦労さまでした」と言われるだけでしょう。そのあとで「あの人も昔はしっかりしてたんだけどなあ。とうとうボケたか」くらいの陰口を叩《たた》かれるかもしれない。しかし、こういうふうに謎を解こうとすること、発見すること、それ自体が面白いのです。

虫を見ているだけで常に発見があります。最近は、虫の関節に注目して調べています。どうやら関節から出る音で、虫は会話しているのではないか、そんなことがわかってきました。これも詳しく言わないと何のことやら、でしょうがいいのです。ともかく私は虫を見て、考えているだけで面白いことが尽きないのです。

ちょっと何かに関心をもって、細かいところを見るようになれば人生や世界は、面白くて仕方ないところです。どうして、これを概念だけで捉えて、わざわざ「同じ」にしてしまうのか。その意味がわかりません。

虫が気持ち悪ければ韓流ドラマでも構いません。本気で興味を覚えれば、そのうち韓国の歴史も面白くなるでしょう。旅行に行くからお金も使うことになる。

年寄りは特にそういうことをしたほうがいいのです。

きちんとする

電車の中で若い人は足を広げたり伸ばしたりしていてマナーがなっていないというものの、実際には年寄りにもだらしない人は結構います。

だらしないのは、自分の身体を扱いかねているからです。日本は戦争のときに軍隊が身体を厳しく律しました。戦後はその反動から、身体に対する関心を意識的に薄れさせてしまったのです。

戦時中は「気をつけ」「右へ倣《なら》え」と、それはそれは身体のしつけがうるさかった。北朝鮮のマスゲームと大差ありません。

ところが敗戦後は、学校でそういう厳しいしつけをしなくなった。ですから、実は今老人になりつつある人、戦後生まれの人たちはみな今の若い人と似たり寄ったりという面があります。

それでも家庭のしつけがきちんとしていれば、まだカバーできたのでしょう。しかし家庭もそのへんのしつけは手抜きをするようになりました。だから若い人のほうが余計にマナーが悪く見えるのかもしれません。

おそらく自分自身の身体を自分で律する、コントロールするという感覚がどんどん薄れているのではないかと思います。

それどころか、身体を自分でコントロール、管理しないといけないという感覚が現代人は非常に弱いようです。

携帯電話のマナーに関しては中年以上の人のほうが若い人以上に悪い。新幹線のなかで大声で怒鳴っているのは中年の男です。働き盛りの男性は、「俺は重要な仕事をしているから当然だ」と思っているのかもしれません。こっちからすれば、それはてめえの会社だけで通用する話で、重要でも何でもねえよ、と思うのですが。

戦前の教育を受けた私の先輩、先生方の世代は明らかにマナーがよかった。たとえば、私の先生の先生にあたる方は真夏でも黒い服を着て、汗をかかずに、涼しい顔で歩いていました。しつけがずいぶん違ったのでしょう。

おそらく小さい頃から訓練されていたから、ある程度汗も自分でコントロールできていたのです。人間はその程度のコントロールは出来るということが今はあまり理解されていないかもしれません。無意識を訓練するような機会が減ったからです。

偉そうなことは言えません。実は厳密に言えばわれわれの世代から身体のしつけは甘くなっていたはずです。必然的にマナーも悪くなっていたはずです。若い人のことばかりは言えないのです。

私は上の世代の方と付き合うときは、相当緊張して、用心しています。自分がなってないということがわかっているからです。

そのマナーの悪さが、携帯電話で現れるのか、それとも身体全体のこととして現れるのか、それは世代ごとの特徴に過ぎません。今の人とわれわれとに本質的に大きな差はありません。

そのことを良く示しているのがアサツー ディ・ケイという広告代理店の岩村暢子《のぶこ》さんの研究です。彼女の『〈現代家族〉の誕生　幻想系家族論の死』という本を読むとよくわかります。

そこには今で言う「おふくろの味」などというのは幻想であったということが、見事に示されています。「おふくろの味」というとすごく手間ひまかけた和食をきちんと作っていたイメージがあるでしょう。しかし、実際には現在孫を持っているくらいの人たちは昔から意外とインスタント料理も好きですし、いわゆる「おふくろの味」などとは無縁だったことがデータとして示されています。見ようによっては今よりも適当な料理を出していました。

年をとったからといって、自然と昔の年寄りと同じような存在になれるかというとそうではありません。うちなんかは私よりも一回り若い女房のほうがマナーや身体の使い方によほどうるさいのです。

それは彼女がお茶をやっているからです。おわかりの通り、お茶は身体を使います。封建的だとされるものが次々排除され、背筋を伸ばすことすら「自由ではない」「古い」という空気がありました。実はそれが人間にとって本質的なことだったのに、われわれの世代以降抜けていったのです。それが今になるとよくわかります。

私は小学生のときから姿勢が悪いといわれていましたから、あまり他人のことは言えません。ほんの少し年上でも、もっと戦前の教育を叩き込まれたから昭和七年生まれの石原慎太郎都知事あたりは背筋が伸びていて私よりもきちんとしています。

私より年下でも、細川護熙《もりひろ》元首相あたりは殿様の家で育ちましたから「四書五経」あたりを叩き込まれて育っています。だから今でもきちんとしているのです。今では陶芸を生活の中心にして、個展まで開いているとか。一年のかなりの間、田舎にこもって土いじりをしているそうで、老人文化を新しきよき形で伝えている気がします。

団体行動はさける

自然は素晴らしい、ということに真っ向から反対する人はいないでしょう。どんどん外へ出かけたほうがいいのはこれまでにも繰り返しお話したとおりです。

ただし、言いたくないけど山登りなどで団体行動をしている人、特に年寄りは迷惑です。山でいいのは五、六人のパーティまででしょう。引率の先生がいて、二〇人、三〇人で前を歩かれると道がふさがれてしまう。先日も高知でそういう人たちに出くわしました。最後尾の二人はあまりにおしゃべりに夢中になっていて、皆と別方向に向かい、あわや遭難しそうでした。

家の近所、鎌倉駅あたりもいつも大勢でウォーキングしている人たちがいます。言葉の通じる国内をそんなに大勢で結束して行動しなくてもいいでしょうに。

確かに団体旅行は楽です。旅行するのでも、自分でプランを決めてやるのは大変です。若い人でも面倒でしょうから年寄りならばなおのことそうでしょう。私も面倒くさい。

でもここで怠けてはいけません。自分で気をつけながらプランを立てる。ここは治安が悪そうだから避けよう、などと考える。それが脳の活性化になるのです。

そもそも若い人にプランを立てさせても実はあまり体にあわない。娘にプランを任せることがあるのですが、少し私にはきつい。テンポが違うのです。若い人はどうしても強い変化があったほうが楽しめるから、いろいろ盛り込もうとする。こっちにどういうのがいいのか、このへんはなかなか若い人にはわからないところです。

訓の七　年金を考えない

年金に期待しない

テレビや雑誌では年金の問題がしょっちゅう取り上げられています。もともと怪しいといわれていたシステムでしたが、このところその怪しさはいっそう増しているようです。

しかしこう言うと怒られそうですが、得をしようとがんばって事務処理をしても、一か月で得できる金額は高が知れているのではないでしょうか。そもそも年金と生活保護の金額とどちらが多いのでしょうか。私にはそのへんもよくわかりません。

これから年寄りになる団塊の世代以降の人たちにとって、年金が大きな関心事だというのはわかります。腹が立つことも多いことでしょう。自分のおさめたぶんのデータが消えたと言われて怒らない人はいません。そういうインチキをされていなくても怒っている人は多いはずです。

また、公務員の場合には「年金がいいから」と思って働いていたら、いつの間にかその優遇がなくなってしまいました。他の人から見れば「ざまあみろ」でしょうが、本人たちからすればこれも「だまされた」でしょう。もともとあらゆる人がだまされたと思っている制度なのです。

私自身は、別に年金なんか期待もしていませんでした。そんな先のことなんか考えていなかったのです。

北里大学で教えていたときのことです。ある女子大生が「私たちの年代は年金もらえるかどうかわかんないし」なんて言っていました。私は彼女に、「年金さん」とあだ名をつけてやりました。学生のうちからそんな先の心配をしてどうするんだ、年金もらえるまで生きているかどうかもわかるまいに。

本気で先のことを考えるつもりならば、環境問題、資源のことを考えるほうがよほど有意義です。元国土交通省官僚の竹村公太郎氏によれば、あと四〇年で石油はほとんど今のような形では使用できなくなるそうです。四〇年なんてまだまだ先だと思うかもしれないけれども、今の大学生、「年金さん」が年金をもらえるのはその頃です。

資源の問題の社会全体への影響力は、きわめて大きい。それに比べれば年金なんて屁《へ》みたいなものです。結局はお金のことですから。買うものがなければ意味がない。

　これからの日本では田舎のある人が絶対に有利になると思います。別の言い方をすれば、過疎地《かそち》を持っている人です。石油はないにしても、いろいろな資源がそこにはある。材木、山菜、農耕可能な畑……。これが今は二束三文で買える。女房さえ文句を言わなければ、私が買い占めたいところです。

社会的コスト

　日本は個人の自助努力をあまり奨励しない制度になっています。でも、勤めているときの年金も、自分で掛けたやつには返すけれど、掛けなかったやつは放っておく。それが正しいと私は思います。

　払わなかったから、お前はもらえなくて当たり前。以上終わりでいい。「払わないとダメですよ」という呼びかけにまた、相当お金を使っているのが無駄です。余計なコストをかけてしまっています。

　社会が大きくなってしまうと、そういう問題が必ず起こってきます。テロ対策が典型です。出入国の際に、なぜテロリストでも何でもない私たちが、あんなに手間をかけさせられなくてはいけないのでしょうか。すべてを一律にすると、社会全体のシステムを動かすコストが高くつくのです。これは無駄なコストです。コストだけを考えればときどきテロで飛行機が落ちているほうが安くつくのではないかというくらいです。

もちろん、実際にはそうはいかないでしょう。「滅多に落ちないから、あきらめよう」という航空会社の飛行機には誰も乗らないでしょうし。だから結局、みんなで負担しあうこととなる。これは本来余分なコストです。

システムが大きくなりすぎるとこういう余分なコストがかさむようになります。ということは、本来システムに適正サイズがあるということです。

炭酸ガス問題でも、大口はアメリカと中国とロシアです。この三国は大きすぎるのです。いわゆる国の適正サイズというものをこの三国は超えているのです。

いいことばかりではないですが、無駄なコストをかけないということでは日本だけでやっていくぶんにはうまくやっていけると思います。オウムみたいな事件が起こったけれども、これも今のような社会にしてしまったからです。もしも鎖国に近い状態にしてしまえば、もっと無駄なコストはなくしていって、収まっていたと思います。

日本はクローズドの世界で、いちばんうまくやっていく方法を知っています。江戸時代の鎖国がいい例です。

いまでも左翼系の歴史学では江戸時代を非常に不自由な時代だといいます。けれども、実はどんな社会でも不自由なはずです。

今のサラリーマンだって、朝九時から夜五時まで、もしくはそれ以上の長時間、きちんとしばられている。これも不自由といえばこんなに不自由なことはない。

不自由にスポットを当てれば、いくらでも不自由です。何か買おうと思っても、コンビニにスーパーしかないということだって、見ようによっては不自由。だから、自由と不自由というのは、かなり主観的なものです。

江戸の人間が不幸せだったかといったら、決してそうではない。確かに東北などは冷害が来れば飢え死にするしかないというような地域で、過酷だったかもしれません。しかし少なくとも江戸の人はぜんぜん困っていない。そういう意味では、よくできた社会だったのです。

年金で得をする唯一《ゆいいつ》の方法

さて年金で得をするための最高の方法がひとつだけあります。それは長生きするということです。

なあんだ、と思われるでしょうか。くだらねえ、と怒るでしょうか。しかし、絶対額で考えると、長生きしないと損です。多少国にごまかされて減額されていたとしても、何か月か長生きすれば、かなり取り返せるでしょう。

もちろん、「そうはいっても国にだまされるのは嫌だ」と思って、細かく計算したいのならばそれはそれで自由です。私はそういうことは諦《あきら》めて放っているだけのことです。

ただ、そういう細かいことを全部すっ飛ばしてしまったほうが、実質的に得をすることもあると思うのです。一週間「だまされないように」と必死で細かい計算をすることと、その一週間呑気《のんき》に遊ぶのとどちらがいいか。もしくはその間に金儲《もう》けでも考えたらどれだけいいか。その一週間で死んだらどうするのか。

私が就職する頃、昭和三〇年代によくいわれたのが、大卒は損だということでした。当時、高卒あるいは中卒で就職してしまったのと大卒で就職するのとで、生涯賃金を比べると、前者のほうが得だったのです。つまり両者の給料に大差がなかったから、早くから稼ぎ出すほうが有利だと考えられていたのです。

当時、大学に行くのは特別な人でした。よほど大学を出ないとできない仕事をしたいとか、研究したいとかいうことがある人です。もしくは大学に行くのが当然だと思っている家庭に育った人。女性はせいぜい短大まででした。四年制だと嫁に行きそびれるというイメージが強かった。

今の人は、当時中卒、高卒で就職したというと、恵まれない子ども、苦労した子どもというふうに思うでしょうが、とんでもない。そちらのほうが普通だったのです。

私は大学に行くとなったら、近所のおばあさんに「大学に行くとバカになるよ」と言われました。この話を講演などでもよくするのですが、今の人はそれを聞いて「変わり者のおばあさんがいたのだな」と思うようです。

しかし、そうではありません。ごくまともなおばあさんでした。

それがほんの数年で急に変わりました。私が大学で助手をやっている頃、大学に石を投げているような世代は大学に行ったほうが得だという考えになっていました。これは団塊の世代以降の傾向です。

これは世界的現象で、それが大学の大衆化といわれる現象です。これが大学紛争の大きな要因になっていました。

なぜ、学生運動が世界同時多発したかというと、若い人が余ったからです。

家は広いほうがいいか

長生きを考えると、年をとってお金がなくなったらどうしようという恐怖があるのはわかります。しかしこれは今に始まったことではありません。論語にも、年をとったら金を貯《た》めるようになるから気をつけろという教えがありました。

年をとったら不安になるのは当然で、それは昔も今も変わりません。気をつけろというのは、金で過剰に不安を抱えるようになったら人間がダメになるということです。おそらく、不安に備えることよりも、その弊害が目立つのでしょう。

今の日本では老人がやたらに金持ちです。その背景にあるのも、老後の不安でしょう。ところが、老後といっても本人たちが思うほど長くはありません。だからもっとどんどん使ってもいいのだけれど、不安があるからそうはならない。それで貯金を持ったまま死んでいる人がたくさんいるのではないかと思う。結局、残されたお金を政府が使ってしまいました。郵便貯金です。

金を稼ぐには教養はいらないけれど、金を使うのには教養がいるのです。

岡野雅行《まさゆき》さんという町工場の社長さんが、会社をもっと大きくしないのかと聞かれて、「会社が一〇倍大きくなってもしかたがない。ソニーの社長だって昼飯を一〇杯食えるもんでもないだろ」と言っていました。

われわれくらいの年代のある種の人は皆、こういう考え方をするのです。これがまっとうです。

ビル・ゲイツだって人の何倍も飯を食えるわけではありません。ところがそこを誤解している人が多い。お金がたくさんあったら、無限にいろいろなことができるかのような錯覚を持っている。だいたい、お金は人の幸せとか不幸せとかを考えちゃいません。実体がないんだから当たり前です。

それこそ生物として限界があるのです。家が広ければ掃除が大変になるだけです。

「お金を使わない」という幸せ

年をとったら、むしろ小金を貯めこむのはやめたほうがいいのではないか、と思います。お金を使えば人に回る。貯めずに使えば世のため、人のためになります。

お金を個人的に儲けて貯めこんでしまう人は、ある意味で社会の循環を遮断している人ともいえるわけです。うまく投資して自分もみんなも大喜び、となるのならばいいのですが、それはなかなか難しいことです。

たとえばホテル・ニュージャパンで有名になった横井英樹《ひでき》さんあたりを見ればその難しさはよくわかります。火災のあとに跡地をずっと利用せずに放置した。東京の一等地に、あれだけの空き地を塩漬けにしてしまったのです。

そこで循環を止めてしまったロスは大きかったことでしょう。美観、治安あらゆる観点からしてあんなにいい土地をずっと放っておくというのは問題でした。

お金を貯めることは、必ずしも美徳ではありません。

ただし私のように「銀行に預金があると、誰か他の人がその分困っているのではないか」と考えるのはちょっと行き過ぎです。生活者として問題があるので、女房に怒られたものです。

そもそも私は基本的にお金を使わないでできることが一番幸せだと思ってきました。離島で虫のＤＮＡを調べようと思ったのに、必要なものを忘れてしまったことがあった。それで若い人に頼みごとをしたら、交通費、宿泊費、レンタカー代を含めて一五万円かかった。それで私の代わりに行ってもらった。こういうふうにお金はかかる。これが私にとってはいい使い道です。

金を稼ぐのに教養はいらないけれど、金を使うには教養がいる。成金がどうしようもないのは、そこでしょう。

最近よく耳にする「退職金運用術」のたぐいは、減らさないようにするという意味なのでしょう。しかし貯めこんで減らさないようにするだけだったら、持っている意味があまりない。金というのは物体ではなくて、それを使う権利のことです。その権利を行使しないで死ぬ人が今は非常に多い。

それを政府が代わってやってくださったら、ここ何十年かで、八〇〇兆円ぐらい使ってしまったことになった。すべてを無駄に使ったとは言いません。福祉、道路、インフラ整備、いろいろなことで使われたわけです。それで、その使い過ぎが問題になっているわけでしょう。

不信は高くつく

自分が年とって子どももいなかったりしたら、どうやって食っていけるのかという不安を持つ人がいるのは当然のことです。うちの母親は野垂れ死にすると公言していたけれども、そういう人はあまりいません。見習う必要もありません。

ただし、実際には日本は老人が飢え死にするシステムになっていません。かたくなに援助を拒んで死ぬ人はいるけれども、基本的には誰かが何とかしてくれることになっているのです。

ホームレスでもペットを飼い、テレビを見るという生活ができるのです。にもかかわらず、多くの人が「誰が俺の面倒を見てくれるのか」と不安になっています。

高級な介護老人ホームに入ろうと考えたとします。しかしそこに前金で何億円も払ったとして、約束を守ってくれるかどうか、疑えば不安になることでしょう。じゃあそのために保険として弁護士にお金を預けたとして、今度はその人を信用できるのか。不安が連鎖するときりがありません。不信は金、コストがかかるものなのです。

私は人を信用するのがいちばん安い、結果的に得をする道だと思う。

もちろん誰も彼も信用する必要はありません。それではオレオレ詐欺《さぎ》に引っ掛かり放題ですからね。でも自分が信用できると思った相手はきちんと信用する。

かつては「かかりつけの医者」というのがいて、それを信用した。それで医者が間違ったら仕方がないね、ということでした。それをやらないようになってからややこしくなった。セカンドオピニオンを求めたら、サードオピニオンが欲しくなるのです。

セカンドオピニオンにも意味がないわけではないけれども、日常的には必要がないものです。九割九分の医者がこう言うというケースでは要らない。その九割九分の医者が言うことが間違っている場合ももちろんあるけれど、それが間違いということでいちばんありえるのは、本当は治療が要らないという場合、つまり「どうしようもない」か「何もしなくても治る」という場合です。

私は今、ほとんど薬も飲まなければ、医者にも行きません。少々具合が悪くても九割九分治るに決まっているからです。

今の人はそういう意味で単純思考です。ものごとの局面はけっこう複雑だということに気がついていない。これは先ほどの社会コストの話とつながります。身近な医者を信用せずに全員が何人もの医者にかかったらどうなるでしょうか。全体として医療費は増えるから個人の負担額も増えます。本当に治療を要する人は医者にかかれなくなります。

不信は高コストなのです。

最悪の事態を考える

いま一番人類にとって大きな心配事は、炭酸ガス問題、温暖化問題でしょう。ある元官僚の書いた本を読むと、日本にとって最悪のシナリオを想定するところで終わっていました。アル・ゴアの『不都合な真実』がもてはやされ、アメリカは政策を急変させる国だから、今後は環境問題を持ち出してきて、日本にキツイことを言ってこないとも限らない、というところで話が終わってしまっています。それはプロとして無責任だろうと言いたくなります。これではどうしようもないのです。

最悪のシナリオを想定して、そのときに日本がどういう状況に置かれて、どうやって生き延びるかの計算をするのが政府の仕事のはずです。それを想定したうえで、最悪のシナリオに陥らないためにはどうするかというふうにもっていくのが政策を考えるということです。ところが当の担当していた役人が書いた本を読んでも、先のことを本気で考えていません。

アメリカは必ずこう言ってくるはずだから、それに対して、こう準備しなくてはいけませんよということが、今、日本の政府がいちばんしなくてはいけないことなのです。ところが実際にはその部分に蓋《ふた》をして環境問題を議論している。これでは意味がない。

少なくとも、抗弁するための理論武装を完璧《かんぺき》にしておけばいいわけです。アメリカは日本にとって最大の問題国なのです。もちろん敵対国だというのではありません。

良くも悪くも日本に最大の影響を与える国だということです。

インテリジェンスというのはこういうことのために必要なことです。日本政府がインテリジェンスの機関をつくると言っています。しかしそのときに話題になるのは、上海の領事館事件とか、対中国の軍事機密とか、そういうことばかりです。しかしそんなことは実は枝葉です。

根本として、日本の運命を決してくるのは常にアメリカの動きです。アメリカに対するインテリジェンスがいちばん重要です。それなのに、アメリカが思わぬことを言ってくるかもしれない、というところで政府高官が考えるのをやめているようではこの国は危ないと言わざるをえません。現にテロ特措法のことでもアメリカに強く言われたら政府も総理も大慌《あわ》てでした。

炭酸ガス問題でいえば、人類が石油を使い尽くすまでは終わらないのではないかという想定がまず必要です。石油が枯渇したあとに炭酸ガス問題はどうなるか、そのとき気候はどうなっているかという計算もしなくてはいけない。温暖化だというと大災害が来るみたいなイメージで騒いでいるけれども、世界中がそれを嫌がっているかも考えたほうがいい。カナダやロシアは実は喜んでいるに違いないのです。地球が温暖化したほうがいい場所ですから。

つまり地球規模の問題といっても、すべての国が同じ方向を向けるというものではありません。国によって想定のシナリオがまったく違うはずです。今の状況を絶対だと思って固定して考えれば、災害となるけれど、固定しないで動かせば、絶好のチャンスになることもあり得るわけです。

こういうときに最悪のケースを想定しておかないというのは日本の特徴です。悪いことを口に出すと現実になってしまうという怖れがどこかにあります。

第二次大戦時の石油問題がそうでした。石油を断たれたらどうなるのか心配していたら、実際に断たれてしまった。そこで思考停止してパニックになってしまった。それで戦争になったら、今度は「負けることを考えてはいけない」となった。ましてや「負けたらどうなる」と口にするなんてとんでもない、と。

最悪の想定をすることを、最悪の想定を望んでいることとごっちゃにしてしまうのです。これは間違いです。

個人でも同じことがいえます。年金ゼロになっても、生活保護になっても、食っていけるし、生活を楽しめるという想定をすればいいわけです。金がなければ一日二食でどう楽しく暮らすか。老人になったらステーキを食いたくなることもないでしょうから、粗食をどう楽しむかを考えればいい。

私はもしも収入皆無で、そういう状態になって社会の世話になるようになったときに、自分が生きている価値があるのだろうかと考えます。それも考えたほうがいいことなのです。最悪の状態は、意識がない状態でしょうが、その場合は本人の知ったことではなくなっている。

お金の不安も、「年とってお金がないと困るなあ」と不安に思うよりは、実際にそうなったときにどう暮らすかを突き詰めて考えたほうがいいのです。具体的に考えれば案外平気なのではないでしょうか。

突き詰めて考えていくと、人間、所詮《しょせん》はいつか死ぬだけというきわめて簡単な結論に至るのです。

最大の資産は体力

根本的には人間、何が必要かということを考えてみてください。年をとって何が必要かというと、たいしてモノは要らないのです。日常が無事に過ごせればいい。実はお金はほとんど要らないんじゃないでしょうか。

だから田舎に土地でも買っておくほうがいいというのです。結局、具体的な使い道が浮かばないままに年をとってしまった人が不機嫌な老人になる。

みんなが虫を採る必要はまったくない。盆栽だろうが、魚釣りだろうが、田んぼを作ったっていい。趣味で作っていればいいのだから。何も田んぼを作らなければ困るわけではない。若い女の子を見るのが好きだったら、女子高の前に家を買って望遠鏡で観察でもしていればいい。そのうち望遠鏡の性能に詳しくなるでしょう。他人に迷惑をかけなければいいのです。

お金自体を増やそうというのは、資本主義の原理ですごく大切なことだとみな思わなくてはいけないように感じているかもしれません。しかし普通の人はあまり立ち入らないほうがいいのです。

そういうことにものすごく向いている人はいます。でもそういう人はすでにその業種でがんばってお金を殖やしているわけです。そんな世界に素人《しろうと》、まして老人が入っても損するに決まっているのです。

本当に老後必要な資産はお金ではありません。根本は体力です。

きちんと歩けるほうが、財布に百万円入っているよりも、ずっと幸せです。

若いときよりもっと体が資本だとわかってくる。

私は体力には自信があります。タバコも吸うし、虫を追って走り回っていて、風邪をひいてもケロッとしている。

体力が元手だということは、大学にいるときから思っていました。学者で大切なのは、頭の良し悪《あ》しだと思われるでしょうが、まったく違います。基本は体力です。学位論文を書くには徹夜しないわけにはいきません。

年寄りが何か文句を言っているのは、結局は体力が落ちたからです。体が元手で、お金が元手ではない。老後資金より、老後体力を考えろということです。体力がなくなったときが終わりでしょう。それをお金で長持ちさせようと思っても、大変なことになる。しょせん無理な話です。

そこを今の老人は忘れているような気がします。お金があれば体も何とか修理できるくらいに思っている。ぜんぜん違います。エステでマッサージしても、体力がつくわけではない。病院に行って身体が丈夫になるわけでもない。

貯金より体力。これは間違いありません。

終《つい》の棲家《すみか》問題

終の棲家を新たに考える。このときにも基礎になるのは、やはり体力です。団塊の世代の七割の人が老後は田舎に住んでもいいといっているようです。ただし、そのときに心配なのは医療です。

私の政策提言としては、田舎の医療をきちんとする。それもいちいち大病院を作るなんてことは無理ですから、交通機関を整備することに集中すればいいのです。これでかなりの問題は片付くはずです。

ドイツみたいにヘリがもっと使われるようになれば、かなりの問題は改善されます。日本の場合には、交通事故を起こしてから医者にかかるまでの時間が、ドイツの二倍以上かかっています。それはヘリが使えないからです。だから、田舎の場合はとくに電信柱をできるだけなくして、そういうインフラを整備したほうがいい。都会は難しいからゆっくりやることにしてもいい。そういうことに税金を使えばいいのです。

新しく買わなくても、田舎の警察のヘリなど普段は使われていません。これをフルに稼動させればいい。オーストラリアなどはそうなっています。この体制が進めば、都会よりも田舎のほうが、医療状況がよくなる可能性すらあります。

ただし、医療を受ける人の意識も変えてもらわなくてはいけません。このごろはちょっとしたことでも病院に行きたがりますし、タクシー代わりに救急車を呼ぶ輩《やから》もいるようです。「きょうはパーティで、自分が忙しくなるから、一時間たったら来てくれ」と救急車に電話をかける人がいるという。

ほんとうに救急の患者だったら、医者は喜んで診ます。問題は狼《おおかみ》少年が多いから、救急と嘘《うそ》つきとの区別がつかなくなってしまったことです。

そして患者側が文句ばかり言うから、医者が嫌になってやめてしまうのです。だから、人手がそろった大きな病院、中核病院を置いて、遠いところ、僻地《へきち》は、そこに運べる体制を確立するのが先です。

鎌倉でも市民病院を作るという話が出ました。私は、それだけの金があったら、患者を運ぶ交通整備をしたほうがいいと言いました。

鎌倉近辺にはすでに大病院がいくつもある。一時間かければ東京に行けるから、どうしても必要ならば、国立がんセンターでも東大病院でも行ける。それなのに市民病院をつくってもしょうがないでしょう。

ほんとうに医療が必要なケースと、そうでないケースを、きちんと見分けないといけない。セカンドオピニオンを要する場合と同じです。そもそも普通のお産には医者の力なんかほとんど要りません。逆子などの特別な場合を除いて、初産の場合など、陣痛が始まってから生まれるのは次の日だから、あわてることは何もない。最近は病院の受け入れの問題もあるようですが、本当なら陣痛が始まってから病院に行けばいい。本来、家でもよかったのだけれど、いくら何でも家ではダメだというのだったら、お産のときだけ行けばいいので、何の問題もないでしょう。

まばらに住む

基本的にもっと都会の人が分散して田舎に住む方向に進むのが、みんなにとっていいことです。都会を縮小しないと、将来、みんなが困るからです。都会はエネルギー高消費型の格好をしていますから今後長持ちはしないのです。原油価格が上がってくると、都会の生活がますます大変になってきます。

もっとまばらに住んだほうが効率はいいのです。変な言い方ですが、まばらで集中している形がいいのです。今は百万都市なので少々大きくなりすぎたと思いますが、たとえば一昔前の福岡市くらいがよかったのではないかと思います。

終の棲家というと、相当辺鄙《へんぴ》なところをイメージするかもしれません。周りに何もない野原に小屋を建てるような絵が浮かびますからね。

でも実際にはほどほどに便利なところがいいでしょう。石垣島で会った人は五〇代で引退して立派な家を建てて虫を採って暮らしていました。島にはそういう移住者たちだけの村ができていました。石垣あたりは冬がないから、ランニングコストが安いのです。

気候は年をとるとものすごく大きい要素です。年間を通じて気温があまり変化しない。これが楽なのです。冷暖房完備と同じことですから。体に刺激が強すぎない。だから、沖縄はもともと長寿県でしょう。やはり北は慣れないときつい。

日常生活があまり変わらないでもいいのだったら、つまり、特殊なイベントがないといられないという人でない限り、年とったら田舎は楽じゃないかと思います。私も箱根にいるとずいぶん楽です。

日本は面白い

田舎は退屈だ、と思う人もいるかもしれません。しかし都会でも田舎でもその場その場で面白がれない人は、どこに住んでも同じことです。

福井県の越前市に大滝神社という神社があります。その神社に杉のご神木がある。これが縄文杉かと思うような杉です。

地元の人十数人と一緒に行ったのですが、皆、初めて見たと言っていました。要するに、田舎に住んでいるから、田舎のことを知っているわけではないのです。

地元の人も「あんなに立派な木があるとは、思わなかった」と言っていました。実は日本中にそういう「発掘」されていないものはたくさんあるのです。あの木が東京にあったら立派な観光資源になっていたでしょう。

そういうものを地元の人は案外知らないものです。だから日本は広いと、私はいつも言うのです。講演や虫採りで日本中を回っていて、つくづくそう思います。

地元の人は地元のことを知らないというのは学者でも同じことです。地元の動物を調べないのです。北海道大学は、ヒグマを調べたり、トガリネズミを調べたりしません。

中央に目が向いてしまうからです。「ここにしかないものをやるよりも、もっとみんなが注目しているものをやろう。ローカルではだめだ。グローバルに行こう」と考える。

でも「ローカルなものを調べて、グローバルに変わっていく」というのがほんとうの文化なのです。地元の大学だから、地元のことをやればいいと思うのに、そうはいかない。だから、虫の調査に、私が日本中歩かなくてはならない。

日本は広くてしかも面白い。これは間違いありません。

ご神木を見たあとには、渡良瀬《わたらせ》遊水地に行ってきました。本来の目的は虫採りです。あの中に田中正造で有名な谷中村の跡がある。足尾銅山の鉱害を防ぐために、あそこでいっぺん鉱毒を沈殿させた、そのままなのです。だから、銅の濃度が一部では高いはずなのですが、放ってある。今はもう、渡良瀬にしかいない虫がかなりある。それはもともとどこにいたかというと、基本的には東京あたりには全部いたはずなのです。ところが、東京という湿地が完全に消えたから、もう、渡良瀬ぐらいにしか残っていない。

行って見て驚きましたが、まさに別天地です。渡良瀬のど真ん中に立ったら、見渡す限り何もない、家一軒ない。広大な土地が広がっていて、ちょっと他ではなかなか見られない光景でした。

地元を知る

地元の知識というのは観光に限りません。自分が住んでいるところに関する細かい知識を日本人は持たなくなりました。

ときどきマンホールから水が噴出している様子をニュースで見ることがあるでしょ

う。これは住宅団地の中の舗装を、全部透水性舗装にして、地面に浸《し》み込ませるべきなのに、撥水性《はっすいせい》、水が通らないようにしてしまったから起こるのです。

でも住民は舗装前の地面がどうなっていたかなんて知りません。かりに井戸を掘ったら、どれぐらいの深さから水が出るかとかそういうことも知らない。そういう具体的な知識は都会に住んでいたら要らないけど、地方に住むのだったら必要になります。自分のうちの下は、どこまで水があるかというようなことです。

地質調査を自分でやれとは言いません。地方で古くから人が住んでいたところは、いちばんそういう災害が起こりにくいところのはずです。

老後、海外に行くのも悪くないでしょう。以前に乗ったタクシーの運転手さんは、「定年になったらチェンマイに行く」と言っていました。もうすでに九人、仲間が行っているそうです。独り者ならどこに行くのもいいでしょう。海外ならば、掃除と洗濯、簡単な炊事ぐらいしてくれる人材を安く雇うことができる。仲間がいるから混ぜてもらえば済む。そういうのは生き方としてすごく楽でいいのではないかと思う。

私も、女房がいないなら、そういうふうにしたいなと思うこともあります。ラオスでごろごろしている人を見てうらやましく感じたこともありました。Tシャツ一枚で一年中暮らせる。

言葉が通じないというかもしれないけれどもそれも贅沢《ぜいたく》な話。さっきの苦労と一緒で、その年になって一生懸命に言葉を覚えたら、脳の活性化になる。ジムなんかに通うよりはよほどいい。

国によっては治安が悪いから、それだけ気をつければいいのです。タイやラオスは安全ですし、ブータンも大丈夫です。

知り合いから聞いたラオスでの話が気になっています。地元の小学校に来る日本人の子どもが、地元の子どもをバカにすることがあるというのです。これが問題です。親が地元の人を低く見ているとそういうことになる。

そういう親は田舎をバカにしている。こういう考え方があると移住はうまくいきません。バカにしている、というのは、田舎の人は牧歌的だとか、田舎の人はいい人だという決め付けもある意味でバカにしていることになるわけです。

田舎でケチらない

高橋秀実《ひでみね》さんの本で、農村や漁村に移住した都会の人が苦労している様子が書かれていました。でも、そうやって苦労することが、その人の満足につながるのならばいいと思います。それもまた面白いと思えればいいのです。

苦労すること自体が悪だと思うのは違うと思う。昔の人はそういう意味でいったら、ひたすら苦労したでしょう。そういう人生も当然あっていいのです。昔の人に話を聞いたら「苦労はしたけど、けっこう人生面白かった」というかもしれない。

田舎者は強欲でケチだと深沢七郎の小説には書いてあります。でも、それは都会の人と同じくらい、そうだということです。ただし都会の人間のほうがもっとこすからくて表面がいいからだまされているだけです。田舎の人のほうがその意味では素朴です。

私の知人がある地方で美術館を作ることになりました。そのとき、美術館が大量に水を使うから周囲の水の出が悪くなった云々《うんぬん》といったクレームがついて、結局、その土地に一〇〇〇万円単位の補償金を払うことになったそうです。

言われたほうは、田舎の人は強欲だと思うかもしれません。でもそれは間違いです。古くから住んでいる人がいるところに、あとから入っていって大きな施設を作って、しかも入館料を取るとなれば、周りが分け前を寄越せというのは、共同体の論理としては当然なのです。それをおかしいと文句を言うのはあとから来た都会の側の勝手な理屈です。

きちんと払うべきものは払ったほうがいい。それがコストです。もしも後からお金でもめるのが嫌ならば、もっと早い時期から利害関係を作っておかなければいけなかった。美術館から寄付をするのでもいいし、中で商売をしてもらうのでもいい。そういう有機的なつながり方が、田舎に住むときには非常に大事です。以前に行った島でも、新しく来た人たちはできたばかりの新しい村に住んでいました。そうすると、有機的なつながりがない。そのため地元と融和していくにはかなりの時間がかかってしまいます。

もともと地元に住んでいる人から見れば「あの村はちょっとわれわれと違う」となる。初めて行っても、すぐにその感じがわかった。

たとえば家の作りからして違う。土地の人からは、あそこの集落ができてから、子どものとき遊べてキャンプもできた川が完全にダメになったとか、そういう不満が出る。どうしても、インフラの整備が悪いからそういうトラブルも起こる。下水の整備など、住宅団地を造成するけれども、インフラは自治体の担当だから、土建業者はそれに合わせてやらない。どうしても、自然に負担がかかってしまう。

地方に住むときは、そういうことを注意しないといけません。地元に住んでいる人がもともといて、その人たちの共同体があるのだということは肝に銘じる。いちばん望ましいのは、地元と融和して住むことです。

海外に行くときは、なおさらそれが大事です。違いはもっと大きいはずだから。現地の人が虫を食べるのをバカにしてもしょうがない。一緒に虫を食っていればいい。

そのときに自分のほうが少しでも得をしようと思うと、かえって損をします。

気持ちとしては裸一貫がいちばんいいのです。「さあ、殺せ」というくらいの気持ちで飛び込んでいかないと、うまくいきません。下手に頑固な価値観を持っていてはダメです。

プッツンと逝く

そのときには小金を持っていても大して解決にはならない。案外、厄介なことにもなる。財産とはそういうものです。

聖書には「金持ちが天国の門をくぐるのは、ラクダが針の穴を通るより難しい」とあります。金を持っていても人間、幸せにならないよということを、そういう言い方をしている。

海外移住も、地方に住むのも、根本的には非常にいいことだと思います。何がいいかというと、そういう新しいことを「やる気がある」ことが大事だと思う。人生を変えていこうという姿勢があるからです。年をとってそれがない人は、あまり頼りにならないというか、生産的な人生ではないような気がします。

それで、ぶっ倒れてもいいじゃないですか。人生はそういうものではないかと思うのです。志半ばで倒れた人はたくさんいます。それが悪い人生とは言えません。

私はいつ死んでも関係ないと思っています。理想の死に方はプッツンと逝くことだと思っています。気がついたら死んでいたというのが一番いい。しかし自分がそれを実現できたかどうか、こればかりは確かめようがありません。

訓の八　決まりごとに束縛されない

約束事を知る

台湾に虫採りに行ったときに仲間とこんな話をしました。

「なぜ会社が潰《つぶ》れたくらいで自殺する奴《やつ》がいるのかね」

「ほんとほんと、会社が潰れたら、ずっと虫採りができて幸せだっていうのにね」

会社を辞めたらどうするか。いつまで会社に勤めるか。会社は何をしてくれるか。

多くのサラリーマンにとって会社の存在は非常に大きいようです。クビになったという理由で自殺する人も珍しくないほどです。そこまで思いつめるのはどうかと思いますが、いい加減に会社で働く人よりは、一所懸命働く人のほうがいいに決まっています。

でも、会社の本質というものは頭に入れておいたほうがいいでしょう。

それは、会社とは「約束事」にすぎないということです。実体があるものではない。「法人格」というのは、法律で決めた人格、ということです。この法律は人間同士の約束事にすぎません。それで決めた人格というのも単なる約束事なのです。だからそんなもののために必要以上に必死になったり、あげくに自殺したりというのはおかしな話です。

ところがそんな約束事のほうを実体のあるものよりも上だと考える人が多いから困るのです。

私の世代はそんな約束事が時にはガラッと変わってしまうということを実感しています。あれほど強固に思えた大日本帝国があっという間に瓦解《がかい》してしまった。会社よりももっと大きな約束事のはずの国家ですら簡単になくなってしまうことがあります。

こうした人間の約束事の儚《はかな》さを感じさせるのが、台湾の高砂族《たかさご》です。彼らはもともと台湾の原住民でした。それがある時期からは日本が統治したので日本人として育つことになりました。日本語の教育を受けて日本が作った学校に行ったわけです。ところが戦争が終わったら、日本が負けたおかげで日本人ではなくなってしまったのです。

私たち日本人は日本に生まれて日本で育っています。そして戦争に負けた後も幸か不幸か、当たり前のように日本人のままでした。だから「日本人である」ということが単なる約束事だとは思っていません。

それは単に人間が勝手に創り出した概念だという感覚がないのです。

多くの人、特に官僚は、国が「実体」だと勘違いをしています。勘違いといって悪ければ、思い込んでいるといってもいいでしょう。それを人によっては「価値観」と呼ぶのでしょう。

ひとつの価値観は強く思い込んでいる人にとって、まさに現実そのものになってしまいます。イスラム教徒にとって、イスラムの神様は現実です。そういう人に「あんたのいう神様は一種の幻想でしょう」と言っても通じません。「お前には見えないだろうが、俺には見える」と言い返されるだけです。キリスト教でも同じことです。

約束事だからといって、「だから国家なんて不要だ。転覆させてしまえ」などと言うつもりはまったくありません。「国家は幻想だ」という類《たぐい》の話をする人のなかにはそれを実行に移さないと気がすまない人もいるかもしれませんが、私はそんなことを考えているわけではないのです。もしその気ならばこんな大っぴらに話すようなことはせず、こっそり作戦を進行させます。

ただし、国も一種の約束事に過ぎないということがわかっていないと、ある状況下で国が極端な方向に進んでしまいます。前回の戦争のときの日本がまさにそうでした。

普通に暮らしていくには、当然、みんなで決めた約束事を守っていくということでいいのです。でも、何かおかしいぞというときの最後の判断基準をそちらの約束事に置くのか、もっと人間として、生き物としての感覚を重視するのか、そこは常に注意して考えたほうがいいことです。

後藤新平の伝記『後藤新平　日本の羅針盤となった男』を読むと、新平は台湾統治のやり方について「生物学的原理に基づいてやるのだ」と言っています。ここでも感覚的に捉《とら》えることの大切さが示されています。

後藤はもともと武家の人でした。それが明治維新で藩が瓦解してしまって朝敵にもなってしまった。こんな経験をすれば、国家というものも儚いと考えるのが当たり前でしょう。国家なんて約束事に過ぎない、ということが身にしみてわかっていたはずです。

戦後の日本の一つの特徴は、平和が六〇年続いた結果、その約束事だという感覚がなくなったことです。そして世間というのは、約束事の集合体だということもわからなくなってしまったのです。

あるとき通産省（現・経済産業省）の役人に「国なんてしょせん約束事だろう」と言ったところ、怒り出しました。おそらくその人は、「こいつは国家を転覆しようとしているような輩《やから》だ」と思ったのでしょう。もちろんさっきも言ったように、そんな面倒なこと考えてもいません。

そもそも実際にはひとつの国家が転覆しても別の約束事で作られた国家が出来上がるだけのことなのです。現に敗戦で日本がつぶれてしまったわけではなく、暗黙のルールは了解事項としてきちんと残ったわけです。そしてそうした明文化されていないルールのほうが、人間が共同生活をしていくうえではよほど実体に近いものであるはずなのです。だから「家」を無くそうとしても世襲は残るのです。

憲法改正なんかどうでもいい

暗黙のルールよりも目に見える法律のほうが上だ、と考える人は多いようです。そのことが最近よく表れていたのがこのところの憲法改正問題でした。

自民党や民主党の一部の政治家たちは憲法を改正しようとやっきになっています。それに対抗して、憲法を改正したら大変なことになると声を張り上げている人もいます。

私にはどちらも、「しょせんは約束事だ」ということがわかっていないという点で同じのように思えるのです。彼らは日本は法律で動いていると思っている。でも本当は法律ではないルールのほうが根底にあるはず。

小泉元首相は戦争中に生まれていますから、そのあたりをギリギリでわかっていたのかもしれません。だから憲法うんぬんをあまり声高に言いませんでした。

ほんの少し前までは「誰が総理になっても同じだよ」というような言い方をする人がもっと多かった。それは実際に誰がなろうと、暗黙のルールが優先していて、それで世間が収まっていたからです。そのことをみんなわかっていたから「誰がなっても同じ」なのです。

こういうルールが弱くなってくると、約束事のほうが大きな顔をするようになってきます。それが原理的になるということです。

アメリカや中国が原理的になるのは当然です。あれだけの大きな国になると、細かくルールを明文化して決めないといけない。ローカルのルールだけに任せたら、そもそもあんなに大きな規模の国は不自然だということがすぐにわかるはずです。

日本はもっと暗黙のルールが上にあったはずなのに、だんだん原理的になってきている感じがします。

もちろん普通に社会で暮らすならば、約束事は守っておけばいい。会社にもきちんと行ったほうがいい。でも、どこかで「約束事にすぎない」と思っていたほうが気は楽なはずです。

『天才バカボン』で、うまいセリフがありました。会社で働こうと思い立ったバカボンのパパは、「僕も会社に混ぜてください」と言うのです。ほとんど子どもが鬼ごっこに参加するのと同じ感覚です。

でも会社も鬼ごっこも、人が決めたルールのなかで動き回るという点では大した違いはありません。バカボンのパパは「会社なんて、しょせんそんなものなのだ」と見抜いていたのではないでしょうか。

ビリや欠点を大事にする

会社のような組織では、「何であの人が会社員をやっていられるのだろう」「あんな仕事なくてもいいのではないか」と思うことがあるでしょう。そういう理不尽があると、一生懸命働いている人はイライラします。

しかし組織、システムというものは複雑で、「どう見ても要らない」という部分を抜いたら、思いのほか大きな影響が出ることもあります。もちろんそのことで組織が崩壊するということはないでしょう。全然働かない人をクビにしただけで会社が潰れるなんてことはありえません。

ちょっといじったくらいでは大崩れしない。その性質をシステムの安定性といいます。小さな部分をいじってもシステムの機能そのものはほとんど変わらないわけです。たとえば何十本も脚をもっているヤスデの脚を一本抜いても、ヤスデは歩けなくなるわけではありません。その意味では安定しています。

ところが細かく見ると変化が出てきます。実はたった一本抜いただけで、残りの脚全部の動きは変わるのです。

つまり会社でいえば、不要だと思っている人を一人抜いても、会社はつぶれません。しかし残りの皆の仕事が変わってくるということはありえるのです。「あの人がいないほうが給料の分配が増えるはず」と思っていても、そう単純に事は進まないのです。いまある組織、会社はその「いないほうがいい」人も含めてここにあるからです。

大学でそういうことを感じたことがありました。いちばん出来の悪い人がいなくなったらどうなるか。単に二番目に出来の悪い人が一番出来の悪い人に繰り上がるだけです。いやこれは下がるというべきか。ともかく出来の悪い人の存在は必要なのです。

だから昔の小学校はビリを認めていたのです。ビリはビリであることが少なくとも役割になっていた。皆が平等というのはいいことばかりではありません。

先述したアル・ゴア元アメリカ副大統領の『不都合な真実』という本に、亡《な》くなったお姉さんについての記述があります。ゴア氏にとって心のよりどころとなるような存在だったお姉さんは、肺ガンで若くして亡くなりました。実は彼の家ではタバコを栽培していたのですが、お姉さんの病気を機にそれを止《や》めます。ゴア氏はお姉さんを肺ガンにしてしまったタバコへの不快感を隠しません。タバコの健康への害を強く主張しています。

ゴア氏個人が嫌煙家であろうがなかろうが、それは自由です。しかし、一方でゴア氏は彼がすごく好きだったお姉さんに、タバコが要因として入っている可能性は考慮に入れていません。品が良い一方で反抗的な性格を持っていたお姉さんだったそうですが、その性格にはタバコを吸うという行為も含まれていたことでしょう。

しかし、今のゴア氏はお姉さんを殺したのはタバコであって、自分の大好きなお姉さんの性格とそれとはまったく無関係だ、と見ているようです。

似たような話はアルコールについてもよく耳にしたことがあるのではないでしょうか。「あの人は酒さえ飲まなければいい人なのだけど」と言われる人がいます。この人が「お酒を飲んでいない状態でいい人」なのはもしかするとお酒を飲んでいる状態があるからこそ、とも考えられるのです。お酒を飲むと性質《たち》が悪いからといって、完全に禁酒させた場合、「いい人」のままかどうかはわかりません。バランスが崩れることもありえます。

スパッと決めるのは危ない

最近は、いろいろな問題を新しい決まり、法律、ルールを作ることで解決できるかのように思っている人がいます。何でもスパッと決めれば現実がそちらについてくるという勘違いです。しかし、実際の世の中はそんな単純なものではありません。

タバコを例にとれば、嫌いな人がいるのもわかります。一方で好きな人もいます。そのときに、法律でどんどん一つの方向に進めてしまおうというのが今の流れです。しかし本来はちょっとずつ喫煙者のマナーを向上させるようにするとか、タバコを思い切り値上げしてしまって吸う人を限定するとか、いろんなことをしたほうが結局は皆のためになったかもしれません。「ここは全面禁煙です」という看板を一斉に作るコストと、ちょっとずつ物事を変えていくコストと、どちらが高くつくか。「全部ためです」とするほうがかえってコストがかかることがある。そういうことについて今の人は考えません。

もちろん新しくルールをつくるのも大切なことです。でもルール化しても、意味がないということがある。私はそう思っています。

現実の多くの問題というのは適当なところで収めながら、少しずつ良くするしかないのです。自然界は中立だからプラスマイナスがありません。自然界は秩序が立てば、その秩序に対して、どこかに無秩序が発生しているはずだという論理が立ちます。

往々にして若い人はものをスパッとやりたがる。それはいいのです。ただし、そこで年寄りがカバーしてあげるべきなのです。若い人の乱暴なところを抑えるべきです。

二〇代の男性が人口において占める割合が高いと戦争を起こすという説があります。第一次大戦、第二次大戦、ともに先進国に若い人が増えすぎたから起きたという考え方です。

社会制度がある程度固定してしまって、仕事が増えない。それなのに若い世代が増えると軍隊に入れるしかないのです。すると、軍隊が必然的に膨張してしまう。軍隊が膨張してしまうと、結局、仕事をしないではいられないから、結論的には戦争を始めることになる。

普通に考えれば戦争しないほうが、自由で楽だと誰だってわかっているはずなのですが、見えざるプレッシャーのようなものが社会を動かす。若い人が増えすぎるとそのエネルギーがダムを決壊させるわけです。手っ取り早い発散方法、簡単な解決策に走ってしまった。それが世界大戦です。若い人は元気で考えが足りないから、そういうことをやってしまう。だからこそ年寄りはある程度、よぼよぼしたほうがいいわけです。抑止力になります。ところが今だと、なるべく年寄りもマラソンしなさい、社交ダンスしなさいという。張り合わなくてはいけないみたいな感じがあります。その風潮の顕著な代表がアメリカです。

抜け道は悪くない

ルールについてのお話をもう少ししてみましょう。

私の数年先輩で高橋国太郎さんという人がいます。医学部の自治会の委員長をやっていました。彼が、六〇年安保の前年、ある件でストライキを提案した。当時、東大の中には、自治会の委員長がストライキを提案したら退学というルールがあった。それで高橋さんは退学になりました。このルールは誰もが知っていることですから、高橋さんは確信犯でした。

さて退学処分が出て、それに対して学生が集会を開きました。みんなで、「委員長が退学なら、ストライキに賛成したやつは全部退学だから、自主的に退学届けを出そう」と対抗手段を議論していると、そこに吉田富三《とみぞう》さんという医学部長がやってきました。

そこで吉田さんが一時間ほどしゃべるうちに、学生たちの興奮は鎮《しず》まり退学届けを出すような事態は避けられたのです。吉田さんの話から「ウラ」をなんとなく感じたからです。当時の学生はみんなそんなふうでした。

委員長がどうなったか。一年間、教授二人が面倒をみる。最低一週間に一度、どちらかに顔を出せということになりました。どうして二人かというと、一人で見ることにすると気が合わないときに困るからでした。

つまり退学は表向きで、実は指導教官のもとでまじめにやれば、一年で復学というのが暗黙のルールとしてあったのです。それが「ウラ」です。

大学は自治が前提ですから、教授会がうんといえばたいていのことは済むのです。もちろん復学のことは表に出すことではありません。あくまでも委員長は「退学」になります。「だけど実はね……」という抜け道がある。これが共同体というものが本来持っている性質なのです。

ところが、それが次の世代では通用しなくなりました。その次に起きた医学部紛争のときも、停学や退学処分が出たけれども、このときには学生はそれを文字通りに受け止めた。対立は深まってしまいました。学生が「ウラ」を感じられなかったからです。

吉田さんが私たちの集会で一時間しゃべったときだって、「退学というけど、実はこういうわけで救われるんだよ」などという言い方はまったくしていません。そういうことはおくびにも出さなかったのです。それでも学生に聞く耳があった。先生がわざわざ来て、一生懸命こんな話をしているということは、悪いようにはしないのだろうな、という期待がどこかにあった。甘いといえば甘いのでしょうが、通じ合うものがありました。

ところが、これがひとつ世代が若くなると変わっていた。紛争のときの学生さんを見て「どうしてこんなに教師たちへの不信感が強いのだろう」と感じたのです。学生と教師のあいだに不信が生じたのはあの時が初めてだと思います。

この「不信」は今でも連綿と続いています。学問の場だけではなく、それによって医療そのものも変えてしまいました。患者さんが医者を信用しなくなってしまいました。しつこいようですが医療訴訟問題の根本はここにあります。

このときから、私は相手を「信用しない」ことによる社会的コストというものに、非常に敏感になったのです。相手を警戒すること、だまされないようにすることで得をすると思うかもしれません。しかし実は不信感を持つコストというのは非常に高くつきます。なぜならばあくまでも保証を求めていかないといけない。そこに限度はないからです。

空港の検査がどんどん厳重になっていくのもそのためです。

年金に話を戻せば、普通の人はあまり必死に考えても無駄です。なにしろ長生きするのがいちばん得なのです。深刻に考えるよりも、ストレスなしに長生きしたほうがますます得なんじゃないか、とすら思います。

「あなたはだまされている」「損している」というメディアの報道で不安になるかもしれません。でも考えようによっては、だまされていても食わせてもらえるのならばいい世の中だな、と思うこともできるのです。

お人よしでいい

相手を信用するという感覚はなぜなくなってきたのでしょうか。

この理由は間違いなく「都市化」によるものです。田舎に住んでいたら信用を前提にしたほうが早い。

なぜなら、顔を合わせる相手はみんな孫子の代まで一緒にいなければいけない人たちです。互いに、そう簡単に信義に反することはできません。人を裏切ると、長い目で見た場合には自分が損をするのです。

ところが都会は「隣は何をする人ぞ」の世界です。その場、その場で人間関係を切ってしまうことができる。

ホリエモンがそうとはいいませんが、最近の成金のように、儲《もう》けたまま逃げることが可能にもなる。

この変化が私の若い頃に起きて、団塊の世代になると、「不信」が前提になっているのです。だから彼らは国が信用できない。

それでもまだ彼らも制度というものの有効性を信用しています。だから「インターン制度はダメだけれども、新しい制度にすればいい。それを作れ」という考え方になる。

私の代は目の前の相手、状況を信用する。逆に制度はどうでもいい。制度は建前で、現実にあることが本音だと考えます。最終的に結論がよければ、もう途中はどうでもいいということです。だから「退学」となっても、最終的に復学できるのならば構わないと思うわけです。

そもそも学生がストライキを提案して学校に来ないということは、筋が違う話です。だからその行為については一応、罰則を設けて処罰する。けれども、その程度のことで、学生であることをやめさせて二度と入れない、仲間に入れないというものでもなかろう、ということ。ただし、ここは暗黙の了解にしなくてはいけない。その暗黙の了解は何らかの形で全員が了解しなくてはいけない。

これがどんどん崩れていったわけです。逆にいうと、団塊は表の制度を信用する。だから、うるさくなるわけです。

私は表の制度は信用しない。それはどうでもいい。そこで損しても得してもボチボチだろうと思っている。委員長も退学食らったら損したみたいだけれど、箔《はく》がついて、最後には教授になっています。それでいいのです。

もとより委員長なんて一文の得にもならないことをやってみんなのために働ける人です。「あいつはよく働く」ということを先生も学生も認めていたのです。

制度を過信しない

制度をいじれば何とかなる、と思っている人が増えています。

何か不具合があるときに、とにかく制度を変えなくてはというヤツが出てくる。それは悪いことばかりではないのですが、その動きが加速してしまうと、ひたすら制度を変えるようになってしまいます。最近の教育問題、憲法改正問題にその傾向は如実《にょじつ》に出ています。

とにかく、細かく規則を決めよう、明文化しようとする。

戦争なんて、皆が一致しないとできません。あのアメリカですら、戦争をやろうと思ったら、まず広告代理店へ行くわけです。どういうキャンペーンを張るか、それでどう国民を盛り上げるか、を考えるのです。

そこに憲法改正の手続きもクソもあるか。国内に強固な反対派がいたら、戦争はできません。それだけで相手に付け込まれるからです。いくら憲法改正して侵略に対抗するといっても、国内に金正日が来てほしいという人がたくさんいたら、対抗しても意味がない。彼らが無理やりやってきても「呼ばれたから来たのであって、侵略ではない」という言い分だって通るといえば通るのです。

こちらはそう考えるけれど、今の人はそうではなくて、憲法に何か実際の力があると思っている。

「憲法はああなっているけれど、自衛隊を作ってしまおう。だってなければ仕方がないもの」というのが私の世代の考え方です。建前と本音が違うことを嫌う人には耐えられないのかもしれないですが、人間の社会が成り立つには両方が必要なのです。

今まで、いちばん問題だったのは、ああいう憲法がある一方で自衛隊を置いておくことの道徳的問題というか、倫理的問題でした。法がそう決めているのに、明らかに矛盾するようなことをやっている。これでは法を守るという意識が根底から壊れていくでしょうという理屈があったわけです。

しかし、近頃は規範意識のほうがどんどん強くなってきている。人々が法を守らなくなるから憲法と実質を一致させなくてはという意見はほとんどないのではないでしょうか。むしろ憲法が現状に矛盾しているから変えなくてはいけないと思っているのではないでしょうか。

しかし矛盾していることは本当に悪いことなのでしょうか。そこは考えたほうがいいと思うのです。こんなに矛盾していても、六〇年間うまくやっていたのならばいいじゃないか、という考え方は変でしょうか。

決まりを作るのが好きな人は、とにかく現実と決まりをくっつけたくて仕方がないようです。しかし、そう簡単にくっつくものではないのです。くっつけたことによって現実が変化してしまうかもしれない。

根本的に情報は動きません。憲法も動かない。

今は現実と憲法が一致していません。そのせいで「憲法にああ書いてあるのに、自衛隊を海外に出していいのか」ということが常に議論になる。それは本当に悪いことでしょうか。こんな議論が起こるのは、憲法第九条があるおかげです。これが簡単に合憲だとされてしまったら、今よりも考慮が浅くなる。

私は「だから現実を憲法にあわせろ」と言っているのではありません。自衛隊だって海外に出さざるを得ないときには出せばいい。でもそのときにも「やむを得ないで出しているのだ」という言い分を通すために、より強い論理が必要になる。

私はそういう状態のほうが安全だと思うのです。同じ出すのでも議論なしで出すよりも、あって出しているほうが、ずっと安全な出し方なのです。

自衛隊の海外派遣と憲法の問題について議論している人には、「憲法を守って、外に出すな」という意見と「外に出すために、憲法を変えろ」という意見の二つしかない。実は両者は憲法というものに縛られているという点では同じです。

法律というのは中立的なもので、現実が先にあるはずです。ところが社民党がいい例ですが、「護憲」だと唱えて、現実よりも上に憲法を置いている。頭が固いのです。その通りに憲法を全部きちんと守っていたら、もっと困ることがきっと起こる。

訓の九　人生は点線である

ボケの恐怖

ボケたらどうするか。ある程度年を取れば心配になることでしょう。

しかしこればっかりは本人が考えても仕方がない問題です。周りの人が考えなくてはいけない。深刻な問題です。

アメリカでは一五年くらい前にこれに関して安楽死の問題が起こりました。自分がアルツハイマーになることがわかっている人が自殺しようとした場合、医者が幇助《ほうじょ》する。これが罪になるかならないかが議論の争点になったのです。

年を取ったらアルツハイマーになるのがわかっている人は、周囲に迷惑をかけたくないわけです。むしろ自分が恐いというところでしょう。

老人の自殺のうち、かなりの数で、生き残って迷惑かけたくないという人がいるのです。今みたいな世の中になると、自分がボケた場合、年をとった奥さんが強制的に面倒を見させられることになる。そんな苦労をかけるのならばいっそのこと……と思う人は日本人のメンタリティからして多いのかもしれません。

そういう人たちに、無責任に「生きなさい」ということもできないですよね。「絶対に生きているほうがいいのだから」とは、言えない。大きな声では言えないが、安楽死をしてもらえばいいと思う。だから「ボケたらどうするか」という問いには正面からは答えられないけれども、「医療に任せたらどうですか」と答えることにしています。これから医療で抱え込むことができるようなシステムを作ることを考える。

回復の見込みがないとなったら、適当に医者のほうに任せてしまう……。いい加減な医者が安易なことをするのには注意しなくてはいけませんが、そうそう世の中悪い医者ばかりではありません。

ボケないためにはどうするか。真面目《まじめ》な人ほどボケやすいなどと俗に言いますが、根拠がないわけでもありません。要するに最初から脳が動脈硬化しているということです。

もしも兆候すらないのにボケを心配しているような人がいるとすれば、何度も言っているように、とにかく「外へ出ろ」ということです。頭の中で引きこもってしまうことが一番危ないのです。鬱々《うつうつ》と考えることが、アルツハイマーやボケ、そして当然鬱を生み出します。

体を動かさずに頭だけ使うということは、脳への外部からの入力と出力が落ちてしまっているということです。入力が感覚で、出力が運動です。外とつながっている部分をできるだけ大きくするためにも、外へ出る必要があるのです。

もっとも、一番困るのはアルツハイマー型でボケているくせに、運動障害がないから歩き回るっていうタイプです。徘徊《はいかい》老人がこれです。いつだったか、八〇歳過ぎの老人が車を運転して人を撥《は》ねたことがありました。体が丈夫でボケた人は困ったものです。

ここでもまた老人文化の大切さを感じます。ある程度年をとったら車を運転するのは恥ずかしい、と考えるのも知恵ではないでしょうか。本人の気持ちはともかく、家族が「あんな年寄りに運転させるのは恥ずかしい」と思えばよかったのです。

私は幸いまだボケていないと思いますが、数年前に「一過性全健忘」になったことがあります。スキー場で滑っていて、ゲレンデの上から下までの数十分の記憶がないのです。後から思うに、白くて光っている地面をじっと見たことで、トリップしたような状態になったようです。以前、子どもがピカチュウで癲癇《てんかん》を起こしたのと似ています。

おかしかったのは、私が女房に「どうも記憶をなくしたみたいなんだ」と言うと、「あなた、それ私に言うの六回目よ」と言われたことでした。つまりその言ったことも記憶にないのです。

また、以前電車に乗っていたときのことです。うとうと眠っていて、パッと目を覚ましたら隣の人が降りるわけでもなさそうなのに、立ち上がっていました。見たら私が寝ぼけてその人の太ももをギュッと摑《つか》んでしまっていたのです。

幸い相手が男性だったので謝るだけで済みましたが、女性だったら大事でした。それ以来、「飲んだら乗るな」を心がけています。もともと車は運転しませんが、お酒を飲んだあとは電車にも乗りません。

安楽死のやっかいなところ

安楽死は結局本人ではなく家族の問題になります。ここで関係者が複数いることがことのほかやっかいな問題を引き起こすことがあります。本来、いちばん面倒を見なくてはいけない人は、暗黙のうちに決まっています。その人の意見が大切な決定のときに通りやすいかといえばそうでもない。むしろだんだん遠くなったほうが強硬な意見になる。ここがやっかいです。

たとえば、八〇くらいの旦那《だんな》さんが脳死になった。すると面倒を見なくてはいけないのは奥さんです。この人が少し年下で七六歳とでもしておきましょうか。

人によりますが、奥さんは「もう、いいや」と思っている場合があるわけです。「もう、この人も八〇年も生きたし、五〇年以上連れ添ったし」と。ところがこの意見が意外と通らない。子ども、孫、親戚《しんせき》のおじさん、場合によってはマスコミまで出てきて、「安楽死はけしからん」と言うのです。

これが日本の特徴で、だから安楽死が難しいのです。これは解剖をやっていたから身にしみてわかります。故人が生前、献体を希望していても、一割はできなくなります。

本来は献体するといった時点で、近い身内、面倒を見ていた人たちは了承しているわけです。しかしその了解を仲の悪い親戚にまではもらいません。そもそも、そこまで了承をとる必要はないのです。

ところが、そういう人が「献体なんて許せない」と言って出てきます。生前仲が悪いほうが邪魔に入ることがあるのです。なぜなら「あいつは死んだ。今こそ俺の思うようにしよう」と考えるからです。死んだ後まであいつの意思など通してやるかという奴《やつ》が、恐ろしいことにいるのです。

「日本では死んだ人には権利がない。死んだ人は仏になって世間から出てしまうから村八分だ」という私の考えは、この経験から来ています。死後、自分の意思を通したいのであればきちんと書面にするしかありません。

安楽死についても同じで、「その状態なら安楽死を選ぶ」と書面を残しておく。安楽死を確実にするのならば、それが唯一《ゆいいつ》の方法でしょう。日本では延命手段を中止する消極的安楽死を尊厳死と呼び、死に方を選ぶ権利を守るために尊厳死協会というのがあります。

ただしまだそこまで書いてきちんとやる人は少ないですね。相談された場合、「それがいいわよ」と奥さんが答えると、「面倒みない」と言い渡しているような感じになるし、裏も表もいろいろあるからでしょう。ガンの告知の場合もそうで、自分だったら告知してほしいけれど、家族だったら嫌だというのと似ていて、立場が変わるとまったく違ってしまうのです。

結局、ほんとうに脳死状態になったときのことが心配であれば尊厳死を選ぶべきで、それは書面にしないと日本では通用しません。本人がきちんと書いたものがあれば、医者が安楽死を実行するのにあまり躊躇《ちゅうちょ》しないですみます。法律的な問題をクリアできるということがわかるから。法律的な問題をクリアできていれば、遠くの親族が何か文句を言っても、本人の意思がこうですからと言い返せる。それがないと駄目です。

日本人にはかかりつけの医者というのが最近ないでしょう。本当はそれが必要なのです。そしてもう一つもたなくてはいけないのは、かかりつけの弁護士です。司法改革とかいって弁護士をたくさん作るのならば、医療訴訟ばかり起こしても社会に有益なことはないから、こういうことをきちんとするようにしてほしい。本人の意思が文書になっていれば、医療費もずいぶん変わってきます。

家族の心労もずいぶん少なくてすみます。

余命を信じない

余命三か月の末期ガンだとわかったらどう生きるか。まず、その「余命三か月」というのを信じるかどうかという問題があります。「そんなもの信じない」でいいのではないでしょうか。

今の医者はこういう場合、最悪の場合をいうことになっています。私の後輩の医師が言っていました。

「昔はガンの余命は一年とか二年と言っていたのに、あるときから半年になって、最近は三か月ですよ」

どんどん短くなったのは、あとから文句を言われないためです。三か月と言っておいて半年持てば文句を言う人はいません。そういうことです。

生命は神秘的です。医者の言うことは科学的、客観的と思っているかもしれませんけどそんなことはありません。

だいたい、私は余命を区切って言うことに反対なのです。余命は単に「神様でないからわかりませんけど、普通この状態だったら……」ということに過ぎません。

『三国志』で関羽は「人生五〇を過ぎて禍福《かふく》なし」と言っています。

城内で何か起こって、不吉だと言いに来た奴にこう言うのです。五〇歳過ぎたら人生は一応終わったようなもので、あとは何があってもいいやと腹を決めている、中立だ、ああだこうだ言っても仕方がない、ということです。

私の若いころはそもそもガンの告知を本人にはしませんでした。他の病気でも余命を言うことはめったになかったと思います。

余命の告知なんてものが一般化したのは、この一〇年か二〇年の話です。万事統計の数字で物を言うアメリカ流です。でも、この統計数字というのはあまり信用できないものです。

どうしてこうなったかといえば、医療訴訟が増えてしまったからです。今はアメリカ流に簡単に医療訴訟を起こすようになったので、医者がパニックを起こしている状況です。医者が自己防衛として患者に対する作戦に出ているわけで、互いに不信が募っている。不信は社会的コストを生むことはお話しした通りです。その結果なのです。

昔の話ですが、ある患者さんがガンになって放射線科に行くことになった。本人にも家族にもまだ告知はしていません。放射線科の医師が、そのへんをぼかしながら放射線をかける説明をしたところ、奥さんが「先生、放射線をかけるということは主人はガンなのですか」と聞いてきた。すると患者のほうが、「お前、先生に向かって、そんなこと言うものではない」とあわててたしなめた。

患者さんは何となく悟っていたのです。昔はそれをあうんの呼吸で収めて、あえて言わないことをある種のやさしさと捉えていた。今は、そういうものが通じない時代です。

むしろそういうやさしさを逆手にとってお金を取ろうという人すらいる。やさしいほうが負けてしまう。社会はいったんギスギスし始めると、どんどんギスギスするように進んでいきます。

ガンを告知するかと医者に聞くと、それはケースバイケースだという答えが八割を超えたことがありました。いずれ言わなくてはいけないとは医者もわかっているのです。

私の同僚の解剖学の教授で胃ガンのために亡《な》くなった方がいました。この人は三月三一日に定年を迎えて、四月一日に胃ガンで亡くなりました。実に律儀《りちぎ》な先生でした。この先生は開腹してみたものの、もう手術不能だった。執刀した別の同僚の先生はそのまま閉めてしまいましたが、さすがにそれを言えず、別の患者の胃袋を用意して「このとおり取れました」と見せたのです。手の施しようがありませんでしたとは、とても言えなかった。

もう一人の先生は、本当の秀才で陸軍軍医学校を二度受験させられたことがありました。なぜ二回かといえば最初の試験で成績がよすぎて、試験官が「こんなはずはない」と思って再試験になった。そのくらい秀才だったのです。

たいてい医学関係の人は患者になると、あれこれうるさくてやっかいなのだけれども、そんなことがまったくない人でした。入院中は詩を書いて、絵を描いてそれが詩集になった。今でもときどき、看護の学生に読ませています。告知していないと思いますが、そういう人ですから、本人がよくわかったのです。

ちょっと前まではお医者さんにも告知しないというのは、別におかしなことではなかったのです。それが世間の常識でした。

それが急激に変わってしまった。それでいいのだろうか、と年寄りの一人として心配になります。何でも簡単に変えれば良いという考え方が多いことが、です。

昔の世論調査では、「あなたはガンだったら告知してほしいか」という問題に対して、確か七～八割が「告知してほしい」という答えでしたが、一方「家族がガンだったら本人に告知してほしいかどうか」という問いには、「告知してほしくない」というのが、やはり七～八割と同じくらいだったのです。

つまり、家族としては、本人に知ってほしくない。それは当たり前で、昔は今以上にガンは死ぬ病気と思われていたからです。いずれ間違いなく死んでしまう人、しかもそれを知っている本人に対して、毎日、どういう態度をとったらいいかと考えた瞬間に、家族はパニックを起こすでしょう。

お父さんがやけを起こして、「てめえの稼いだ金使って何が悪い、全部、飲んじゃう」と言って飲み始めたらどうでしょうか。そういうときに、本人の意思と他の家族の意思のどちらを大事にするかを考えたら後者のほうがいい場合が多いのです。だから昔は家族に言っていました。それも奥さんには言わないというのが鉄則でした。奥さんに言うと漏れてしまう。あるいは奥さんの顔色でわかってしまう。だから息子がよかった。独り身の人にも状況を見ながら伝えたものです。

ガンから考える機会をもらう

私も自分がガンではないかと疑ったことがありました。そうすると人生について本気で考えます。たまには本気で考えるのもいいことです。

一口に仕事といってもその中で重い軽いがあります。自分の人生に限りがあることを前提として本気で考えると、そのこともおのずと見えてきます。

私の虫の研究にしても、面白がってやっているのだけれど、論文にするとなると本気で考えることになります。採っているときは、ただ楽しくて採っている。子どもがわーいわーいと言って採っているのと大差ない。標本を作っているときもそんなものです。しかし、それを真剣に見始めるとだんだんシリアスになってきて、文献に当たったり、もう一度見直したりということをします。そこではかなり真剣になる。

人生について、本気で考える機会を得たらそれはそれでありがたいことだと思うべきでしょうね。医者が言っていることがほんとうかどうかは別として、もしそうだったら、自分の一生はこれでいいのかと考える。これを描いたのが黒澤《くろさわ》明監督の『生きる』という映画でした。

年を取ってくると、残りの人生が短くなるせいか、そういうことを本気で考える機会は増えます。

『平家物語』の昔はもっと大変でした。「平家にあらずんば、人にあらず」といった時代がひっくり返ってしまう。四国の山奥に、未《いま》だに平家の落人伝説が残っているぐらいでしょう。戦前と戦後だって、それほどは違わない。昔の人は、そういうことがよくわかっていたと思う。世界がガラリと変わってしまう。

自分の健康とは関係なく、人生も世の中もガラッと変わることは常にあり得ると考えていた。それは昔の人がいちばん知っていたことでしょう。特に平家の時代から戦国時代まではそうです。

そういうときの人のほうが、本気で考えている。だから、三〇歳代で「見るべき程の事をば見つ」というセリフが出てくる。

今は、長生きがいいことになっているけれど、平家の時代とか戦国時代は、うっかり長生きすると、どんな目にひっくり返るかわからなかった。このあいだまで栄耀《えいよう》栄華だったのが、とんでもなく身分が下になってしまう。例えば、浅井長政《ながまさ》の父親なんて、領主の座を息子に奪われたあげくに、その息子と一緒に信長《のぶなが》に殺されています。ほとほと世の中の嫌な面を見なくてはいけなかった。「この年になって憂《う》き目をみるは」というやつです。見ないほうがよかったものを見ることになってしまった。

人生は点線である

これまでにも何度も死のことについてはお話してきました。だからここではくだくだとは言いません。簡単にいえば自分の死というのはどうせ客観的に見ることは出来ないのだから考えても無駄だということです。

それでも本能的に肉体の衰えや死が怖いというのはわかります。それを解消する考え方は、昔からいくつもあります。天国、極楽浄土、西方浄土があるといった考え方です。宗教は基本的にこういう考え方がどこかにあります。

私は最近、「人生は点線だ」と言っています。意識を考えてみれば点線だということです。誰でもしょっちゅう意識が切れているじゃないですか。夜寝るとき、昼寝するとき、必ず意識が切れます。毎日毎日無意識状態を経験しています。

死ぬということは最後に意識が切れてもう戻ってこない状態です。その戻ってこないことを、皆さん心配しておられるようです。でも、そんなことより、今まで何回切れたか考えてみたことはあるのでしょうか。その都度、そういう心配をしたのでしょうか。

「また帰ってくるかも、しれない」くらいに思っておけば、死ぬことはそんなに恐くないのです。今までと別に変わりないでしょう。

心の持ち方として、寝るときと同じくらいに考えておけばいい。どうせ死ぬということは、よくわからないことなのです。

こう考えると極楽浄土とか天国といったものを設定するのは意外にずいぶん論理的なのだなと思います。つまり、死ぬことはわからないし、今まで経験したことがない。そこから先、経験したことのないことは天国と地獄に分けるのが、いちばんわかりやすい。次に目が醒《さ》めるところはどこか、ということです。あれは迷信だとか、アホらしいとかいうのが今の人の代表的な考えかもしれませんが、かなり合理的な側面があると思うのです。

ほんとうに何の意識もない状態を、われわれはそもそも想像することができないわけです。ところが、そういう事態は論理的にはあるに違いないのです。だからとりあえず極楽浄土、天国というものを置いて考えることにしているのです。
死ぬということを素直に人生の一部として当然考えに入れておく。それがやっぱり自然ですから。

生きているうちに考えておくべきことは、具体的なことを決めておくということ。たとえば私で言えば膨大な虫の標本をどうするかということです。何の考えもなしに遺《のこ》されたら迷惑でしょうから。

美田を残せ

死んだあとはどうにかなるだろう、知ったことかと思っていたって、別にいいといえばいいわけです。「俺は子孫に美田は残さない、勝手にしろ」それでもいいのです。ただそこはそう単純に考えないほうがいい。

「子孫に美田を残さず」というと聞こえはいいのですが、その言葉が出てきた頃と今とでは状況が違います。「美田を残さず」という考え方にそれなりの正当性があったのは、封建制度への反発が背景にあったからです。大名が大名のまま、貧乏人が貧乏人のままでいいのか、けしからんじゃないか、という考え方がありました。「天は人の上に人を作らず」というのも封建時代の欠点を知り尽くした福沢諭吉だからこそ言えた言葉です。

でも今は「美田を残さない」よりも残すほうがメリットがあると考えてもいいのではないでしょうか。何も自分の家、子孫が栄えるためだけということではありません。ある程度の余裕がある人が土地を守り続けることが、結果的には社会のためになるのです。

相続税がきついおかげで土地が切り売りされるようになりました。鎌倉を見ていても別荘が全部潰《つぶ》されて、町が汚くなっていったのは明らかです。

未来を考えたときに、ある程度の継続性というものは必要になる。京都を考えるとわかりやすい。今の人は本気で未来を考えていません。

ただいま現在の意識しか考慮にいれていない。明日がこうなるということについても、現在の自分の意識が把握できる範囲でものを考える。ところが、未来はそう単純なものではありません。そもそも自分だって日々変わっています。そして子どもが今の自分と同じようなことを考えるとは限らない。むしろ今の自分たちの意識とは別であると考えるほうが自然でしょう。では、そういう前提に立った場合、社会に何を残していくか。

そうして残されてきたものが伝統となっているわけです。そして庶民が何を残すかというときに、有効だったのがさきほども触れた家制度でした。

「子どもが出来ないと○○家が廃《すた》れる」というような物言いは今では封建的ということで流行《はや》らないのでしょう。しかし、家を存続させたいという欲求に合理性はないけれども、意味はあるわけです。それは生命を連続させるのに近い行為です。

子どもを作れということと、家の存続は同義になっていて、それはきわめて象徴的だと思うのです。人間の根源的な欲求に根ざしています。

これを戦後は近代化とともに消してきました。別に家制度をなくしても、代わりの知恵があればいいのですが、実はそれを発明できていません。発明できないのにはちゃんと理由があって、近代以降は「ああすればこうなる」という考え方、論理ですべてを片付けようとしてきました。概念的思考が優先されてきたのです。

ところが、さきほどお話ししたように、その論理というのはあくまでも「ただいま現在の私」の意識が組み立てているものに過ぎません。新しい知恵を考えるほうも、それを受け入れる側もすべて今の意識でしか考えようがない。論理だけからいけば、君が代でも日の丸でも、あらゆる伝統に大した意味はないのです。

そもそも文化や伝統というものは、そういうものなのです。一人の人間の論理では把握できない。だけど、何となく、そういうものがあったほうが人間社会には具合がいいというものです。

近代以降、現在の論理のみで合理性がないとされたものは排除されてきました。そのときの方便の代表例が「封建的だからなくそう」というものです。ところが、そういう伝統がなくなってしまうと、結局、その社会に生きる人は苦労することになるのです。食べ物に恵まれた南の島で、常に人口が適正であるという社会ならばそんな面倒な伝統も何もいらないのかもしれませんが。

仮に家制度を以前のように取り戻すことが不可能だとすれば、他に何を残すか。それをもう少し意識的に考える時期なのではないかという気がします。もちろんこうした考えにしてもただいま現在の意識の産物であることには違いがありません。

他に斬新《ざんしん》な知恵があれば別ですが、いまのところとりあえず残していく対象を「国土」だと考えればいいのではないかと私は思っています。社会システムを新たに構築するとなると、様々な意見がぶつかるだろうし、無理が生じます。しかし国土にはある種の絶対性があるし、あまり不満もでません。しかも今のうちにどうにかしないと取り返しがつかなくなるのです。

ここへきて話が最初にお話したところに戻ってきました。国でいえば国土、個人ならば感覚を基本に考えるということです。

これであのじいさんが機嫌よくなるかどうかはわかりません。話が堂々巡りだとさらに不機嫌になっているかもしれません。でもとりあえずはここから始めるしかないのです。

笑うしかない

長々と話をしてきました。

「そんなにいろいろ文句があるということはお前自身が不機嫌なじいさんなんじゃないのか」

そんなふうに思われるかもしれません。

でも、私は年をとって良かったなと思うことがたくさんあります。もちろん長生きすればいいってもんじゃないことはすでにお話したとおりです。

一番いいのは、年をとると欲がなくなるということです。

若いうちは欲が多いせいで、やっかいなことがたくさんあります。いくつになっても性欲や名誉欲が旺盛《おうせい》でありたい、その種の煩悩《ぼんのう》がなくなったら生きる意味がないなんていう人もいることでしょう。でも、それはその程度の人だということです。

年を取ったら、損得なんてもう関係ありません。

欲を持つことが大きな意味を持たなくなるんです。例えば、異性に対してもそうでしょう。若いうちは異性のことであれこれ頭を使うけれど、年をとれば自然と面倒になる。だからそういうことに頭も時間も使わなくなる。

欲が人生に与える影響が小さくなる。だから、楽になる。適当なところでおさめられる。欲がないから矩《のり》を越えないで済む。

勲章なんて、欲の強い年寄りのためのものです。世間から忘れられるのがイヤだという年寄りを黙らせるためにあげる。勲章は「引っ込め」の合図です。その手の欲が最後まで残って世間との接点を持ちたいと思う人のための工夫です。

ただし、あまり若いうちから欲を超越しているというか、煩悩が薄いというのもいささか問題です。若いうちに欲がある、ということは一芸に秀《ひい》でることにもつながります。ある程度欲に苦しんだ経験があるほうがいいようにも思います。強欲だった人が年をとって無欲に転じるということは珍しくありません。そういう人は、若いうちに「よく生きた」のです。不機嫌なじいさんは「生きる」ことを本気で考えていなかったのです。そういう人は、今からがんばって「生きる」しかない。動いたほうが早い。考えてもしょうがない。

私自身は最近、大抵の人がみんなかわいく思えるようになってきました。かなりの人が年下になりましたからね。素直だなあ、欲に従って生きているなあ、とニコニコしながら見ていられる。あんなことを自分もやったなあ、と思いながら見ている。不機嫌な顔をする必要がないのです。

たぶん、若いころは自分の言葉で無理やりにでも他人を変えようという気持ちがどこかにあったのでしょう。そういう欲もなくなってきたのです。世間に対しても、ここまで生きさせてくれたことはありがたい、と思えるようになってきた。だからこそ、もういいや、と思えるようになるのです。

老人にできることは、他人を無理に変えることではありません。せいぜい、若い人が「年をとったらあんな年寄りになりたいな」と思うような存在になることでしょう。

若い人が若くありたいと思うのは、現に見ている年寄りが不愉快だからでしょう。「ああはなりたくない」と思っているからでしょう。

老人は老人として、満足していなくてはいけない。若い人にそれを見せて安心させなくてはいけない。

それがそうなっていません。みんな不機嫌に内に溜《た》め込んでいる。おまけに、不機嫌な人を見ていると不機嫌になる。不機嫌のデフレスパイラルです。いつも能天気っていうのも問題ですけどね。

思うに、私が講演会だのなんだのと呼ばれるのは、幸せそうなじいさんを見たいからじゃないでしょうか。笑っている年寄りを見ていたいんでしょう。

だからじいさんは笑っていればいいのです。先日亡《な》くなられた河合《かわい》隼雄《はやお》さんは、いつもニコニコされて駄洒落《だじゃれ》ばかり言っていました。人の意見を訂正するなんてこともなかった。きっとご本人にはそのぶん相当なストレスがあったでしょう。世間の義理を果たし続けて、あの年になっても文化庁長官までおつとめして、激務をこなされていたのです。それで寿命を縮められてしまいました。個人的にはもっと楽に好きなことをなさっていただきたかった、とも思います。

でも、河合さんを見て、私も含めて多くの人は、「こんな年寄りになりたい」と思ったはずです。悟っている人というのはこういう人なのかと思いました。

河合さんのような境地に達するのは難しいでしょう。

それでもとりあえずニコニコする。それだけでいいのではないでしょうか。

よぼよぼの想像力

南伸坊

私はいま、六十二歳の「お爺《じい》さん」なんですが、本当のことを言うと、自分のことをあんまり「お爺さん」だと思っていません。

あんまり、っていうか、ぜんぜん思ってないといってもいいくらいです。

これは自分的には忸怩《じくじ》たるものがあるんですね。ちょっとカッコわるい。

私が、あれは三十代くらいの時だったか、電車のなかで、二人のお婆《ばあ》さんが話してるのを聞いていたことがあります。

「まったく失礼しちゃうわよ」

「ほん……とにねえ」

しばらく聞いていると、二人のお婆さんがどうも男の学生に席を譲られたらしい、ことがわかってきた。その席を譲った感心な若者のことを、二人は批判しているんです。

「あの子達、お婆さんっていったわよ」

「ね、ひどーい！」

どう見ても、二人はお婆さんじゃないか、その学生は二人がお婆さんだと思うから席を譲ったのであり、二人はお婆さんだったことで、電車の座席を確保したのである。それなのに、この「批判」というのは、どういうことなのだろうか？　と思ったわけです。

時は流れて、冒頭に述べました通り、私は、六十二歳のお爺さんになりました。時として、電車で席を譲られることがあります。先日は、若い女の人に、サッと立たれた。目顔で「どうぞ」といってます。私はそのとき腰かけて本を読みたかったので、席があくのはとてもありがたい。

ありがたく座らせていただきましたが、その時に「やっぱりお爺さんに見えるんだ」と思ってるんですね。三十年前に見た、お婆さんと一緒じゃないですか、これはちょっと、みっともないですよ。

おそらく、自分が本当に「お爺さん」だと認めるのは、本当に「よぼよぼ」になってからでしょう。どんどん、体力とか髪の毛とかが目に見えてうばわれていく、その時に、少しずつ認めざるを得なくなっていくんだと思います。

やっぱり、三十代のころだったと思いますが「団塊の老後」みたいな座談会を雑誌がやって、それによばれたことがありました。

団塊、いま六十すぎの何人かがいた。その座談会は、まァ、ちょっとおふざけみたいな座談会で、話をはじめる前に、衣裳《いしょう》やメイクで、それぞれ自分で「老後」になって、話をするっていう趣向だったんです。

それぞれ変身中の共演者を見ていて、たとえばロマンスグレーのカツラを選んで、まるで少女漫画に出てくる「オジサマ」みたいに変身してるのをからかったりしていたんですが、奥でけっこう身を入れてメイクしている橋本治さんを見て、ちょっとビックリしてしまいました。

うすらはげのしょぼーいカツラをかぶった上に、メイクで顔中「老人斑《はん》」を描き込んでいる。先刻、ロマンスグレーのオジサマをからかった自分の姿にしたところで、コントのお爺さんみたいな通り一遍の安直ぶりなのに比べて、格段に「深いなあ！」と私は思ったんです。

「この人は、自分が老いるっていうのを、ちゃんと考えてる」と思った。

だって、ものすごく汚ないんですよ、顔中シミだらけ、しわだらけ、髪の毛はいまにもハラハラ抜け落ちてきそうな風情《ふぜい》です。

「すごいなあ」と思った。いま、私の顔には、ちゃんと「老人斑」でてますからねえ。

私が、自分を心の底から「お爺さん」だと思うのは、結局、否応《いやおう》なく気付かされる、ニッチもサッチもいかなくなった時なんじゃないか、これじゃあまずいでしょう、すごくまずいと思う。

私はこの本を読んで、そういうことを思っていました。

たとえばこんなフレーズ。
○ 体は駄目《だめ》になってくるし、目は見えないし、みんなはバカにするし。何が「幸せな老後」だと思います。
○ 「幸せな老後」などといいますが、それは単にゆとりのある生活というようなことを指しているだけです。
老人が、なんとなくブスッとしてるのは、やっぱり体がいうことをきかなくなる。耳も遠くなるし、なんだか仲間はずれになってるみたいでつまんない、と、そういう状態なんだと思います。

そう思ってから、養老先生の
○ 仕事は世の中からの「預かりもの」です

○「仕事は自分のため」ではないというコトバを読むと、違う見え方がしてきます。いきなり「世のため人のため」なんていわれれば、何べんでも聞いたお説教みたいに思ってしまいますが、自分をいったん、よぼよぼにしといてから考えると、世の中のほんとうのところがわかってきます。

○二〇代の男性が人口において占める割合が高いと戦争を起こすという説があります。第一次大戦、第二次大戦、ともに先進国に若い人が増えすぎたから起きたという考え方です。

おもしろいなあ、老人は抑止力になる。「亀の甲より年の功」とか「老人の知恵」とかいわれても、もうひとつピンとこないけれども、こういわれると、あ！　と思います。

○金を稼ぐには教養はいらないけれど、金を使うのには教養がいるのです。

も、いいなあ。

○岡野雅行《まさゆき》さんという町工場の社長さんが、会社をもっと大きくしないのかと聞かれて、「会社が一〇倍大きくなってもしかたがない。ソニーの社長だって昼飯を一〇杯食えるもんでもないだろ」と言っていました。

○　本当に老後必要な資産はお金ではありません。根本は体力です。

○　「年とってお金がないと困るなあ」と不安に思うよりは、実際にそうなったときにどう暮らすかを突き詰めて考えたほうがいいのです。

そういえば、私は「お金がなくなった時」のことや、「年とってよぼよぼになった時」のことを、あんまり考えたことがありません。

これはようするに、そんなことを考えていると「こわい考え」になってしまうから、なんだと思う。

つまり「自分が死ぬ」ことを考えるのと一緒です。「こわい考え」「えんぎでもない考え」にならないように、避けてるだけです。

ところが、私にも、こうしたことを考えざるを得ない時がやってきました。母親が九十一歳で亡《な》くなった。九十一なら大往生で、ぜんぜん問題ないですが、九十一が三でも四でも、家族は「いつ死んでもいい」とは考えないものです。「なんとかしよう」と思う。

ところが母親は、医者の言うように水分を摂《と》ろうとしない。水分を摂らないと死んじゃうから、何とか摂ってくれ、と思いますね。

本人は、どう思ってたんだろう。コトバで聞けば、そりゃ「死んでもいいんだ」とは言わないでしょう。でも体の方は、もう水いいわ、徐々に枯れてきましょう、と思っていたかもしれない。

「なんとかしよう」とするのは「なんとかなるはずだ」と思うからだ。と先生は書かれています。「しかたない」と思えない。思っちゃいけないみたいに我々、現代人都会人は思い込んでいるけれども、それはみんなでそう思い込んでいるだけです。

私は、母が亡くなってからは、もっと、無理なく、自然に終わらせてやったほうがよかったのかな、と思えるようになってきました。

それなら、自分の死ぬことはどうなのか？　というと、まだ本当につきつめて考えたことはありません。

しかし、母の亡くなる頃に前後して、医者から「肺癌」の疑い、を宣告された。いまどき、ガンを告知とか宣告とか言う人はいませんが、自分のガンていうことになると、やっぱり少し、大ゲサに考えるもんです。

なにしろ、我々のコドモ時代には、ガンは不治の死病でしたからね、明日にでも死にそうな気がしちゃう。

何度も検査をして、医者からは手術をすすめられましたが断わって、「自然治癒」ねらいで一年間くらい患者をしてました。生活を改めて、健康食品だの、漢方だの、いろいろ試した。

この患者生活が、とつぜん打ち切られたのはPETっていう検査をうけたその「結果」が出たからでした。CTで癌を疑われていた個所に、PETの反応が出なくなったからですが、つまり、もともとの「肺癌」の疑い自体が、まちがいであったのか、あるいは一年の間に自然治癒したものかウヤムヤになってしまった。

養老先生も触れておられるように、ガンていうのは、自分の命や、自分の死ぬっていうことを、考えさせてくれるいい機会です。

私も、いい機会を与えてもらったんだなあと思うんですが、このことで、私の考えが、以前よりずっと深くなったのかというと、あんまりそうでもない気がします。っていうより、ぜんぜん深くなってない気がしますね。せっかくの機会が、せっかくの体験が、あまり身につかないタイプらしいです。

でも、あるいは、そんなことがあったからなのか、この本は、あちこちでとっても合点がいく、思わず激しく相槌《あいづち》をうつという読書になりました。自分の体験よりももっと深くわかった気がします。

若い人にも読んでもらいたいと思うのはそれがあるからで、体験に学ぶよりも、より深く、多くのことがこの本では学べたと思うんです。私がアドバイスするとしたら、まず自分を「よぼよぼ」状態にしてみるってことですね、そこに理解の入口があります。

（平成二十二年五月、イラストレーター）

この作品は平成十九年十一月新潮社より刊行された。

多田富雄
南伸坊 著
免疫学個人授業
ジェンナーの種痘からエイズ治療など最先端の研究まで——いま話題の免疫学をやさしく楽しく勉強できる、人気シリーズ第2弾！

岡田節人
南伸坊 著
生物学個人授業
恐竜が生き返ることってあるの？　遺伝子治療って何？　アオムシがチョウになるしくみは？　生物学をシンボーさんと勉強しよう！

竹内薫
茂木健一郎 著
脳のからくり
気鋭のサイエンスライターと脳科学者がタッグを組んだ！　ニューロンからクオリアまで、わかりやすいのに最先端、脳の「超」入門書！

茂木健一郎著
脳と仮想
小林秀雄賞受賞
「サンタさんていると思う？」見知らぬ少女の声をきっかけに、著者は「仮想」の謎に取り憑かれる。気鋭の脳科学者による画期的論考。

茂木健一郎著
芸術脳
松任谷由実からリリー・フランキーまで11人、各界きってのクリエイティブな脳の秘密がここに。生きるヒントに満ちた「熱い」対談集。

藤原正彦著
若き数学者のアメリカ
一九七二年の夏、ミシガン大学に研究員として招かれた青年数学者が、自分のすべてをアメリカにぶつけた、躍動感あふれる体験記。

藤原正彦著
数学者の言葉では

苦しいからこそ大きい学問の喜び、父・新田次郎に励まされた文章修業、若き数学者が真摯な情熱とさりげないユーモアで綴る随筆集。

藤原正彦著
数学者の休憩時間

「正しい論理より、正しい情緒が大切」。数学者の気取らない視点で見た世界は、プラスもマイナスも味わい深い。選りすぐりの随筆集。

藤原正彦著
遥かなるケンブリッジ
―一数学者のイギリス―

「一応ノーベル賞はもらっている」こんな学者が闊歩する伝統のケンブリッジで味わった波瀾の日々。感動のドラマティック・エッセイ。

藤原正彦著
父の威厳　数学者の意地

武士の血をひく数学者が、妻、育ち盛りの三人息子との侃々諤々の日常を、冷静かつホットに描ききる。著者本領全開の傑作エッセイ集。

藤原正彦著
心は孤独な数学者

ニュートン、ハミルトン、ラマヌジャン。三人の天才数学者の人間としての足跡を、同じ数学者ならではの視点で熱く追った評伝紀行。

藤原正彦著
古風堂々数学者

独特の教育論・文化論、得意の家族物に少年期を活写した中編。武士道精神を尊び、情に棹さしてばかりの数学者による、48篇の傑作随筆。

佐野洋子著

ふつうがえらい

嘘のようなホントもあれば、嘘よりすごいホントもある。ドキッとするほど辛口で、涙がでるほど面白い、元気のでてくるエッセイ集。

佐野洋子著

がんばりません

気が強くて才能があって自己主張が過ぎる人。あの世まで持ち込みたい恥しいことが二つ以上ある人。そんな人のための辛口エッセイ集。

佐野洋子著

覚えていない

男と女の不思議、父母の思い出、子育てのこと。忘れてしまったことのなかにこそ人生があった。至言名言たっぷりのエッセイ集。

渡辺淳一著

あとの祭り
指の値段

究極の純愛は不倫関係にある。本当に「男らしい」のは、女性である——。『鈍感力』の著者による、世の意表を衝き正鵠を射る47編。

渡辺淳一著

あとの祭り
冬のウナギと夏のふぐ

定年後の夫婦円満の秘訣とは？「覇気のない症候群」の処方箋は？悩めるプラチナ世代に贈るエッセイ47編。大好評シリーズ第2弾。

渡辺淳一著

あとの祭り
知より情だよ

もっともらしい理屈に縛られるより、自らの欲するところに幸はあり?! 大胆かつ深い考察で語られる、大好評ストレスフリー人生論。

柳田邦男著

壊れる日本人

―ケータイ・ネット依存症への告別―

便利さを追求すれば、必ず失うものがある。少しだけ非効率でも、本当に大事なものを手放さない賢い生き方を提唱する、現代警世論。

柳田邦男著

壊れる日本人 再生編

ネット社会の進化の中で、私たちの感覚は麻痺し、言語表現力は劣化した。日本をどう持ちこたえさせるか、具体的な処方箋を提案。

柳田邦男著

人の痛みを感じる国家

匿名の攻撃、他人の痛みに鈍感――ネットやケータイの弊害を説き続ける著者が、大切なものを見失っていく日本人へ警鐘を鳴らす。

柳田国男著

日本の伝説

かつては生活の一部でさえありながら今は語り伝える人も少なくなった伝説を、全国から採集し、美しい文章で世に伝える先駆的名著。

柳田国男著

日本の昔話

「藁しべ長者」「聴耳頭巾」――私たちを育んできた昔話の数々を、民俗学の先達が各地から採集して美しい日本語で後世に残した名著。

柳田国男著

毎日の言葉

「有難ウ」「モシモシ」など日常生活の最も基本的な言葉をとりあげ、その言葉の本来の意味と使われ方の変遷を平易に説いた名著。

新潮文庫最新刊

黒柳徹子
鎌田實　著

トットちゃんとカマタ先生の
ずっとやくそく

小さな思いやりで、誰もがもっと幸せに生きていける。困窮する国々に支援を続ける著者が、子どもたちの未来を語り合った対談集。

松田美智子著

越境者　松田優作

時代を熱狂させ、40歳の若さで逝った伝説の俳優。その知られざる苦悩と死の真相。ノンフィクション作家である元妻が描く傑作評伝。

松崎一葉著

会社で心を
病むということ

ストレスに苦しむあなた、そして社員の健康を願う経営者と管理職必読。職場で起きるうつ病の予防・早期発見・復帰のための処方箋。

P・オースター
柴田元幸訳

ティンブクトゥ

犬でも考える。思い出す。飼い主の詩人との放浪の日々、幼かったあの頃。主人との別れを目前にした犬が語りだす、最高の友情物語。

J・グリシャム
白石朗訳

アソシエイト
（上・下）

待つのは弁護士としての無限の未来――だが、新人に課せられたのは巨大法律事務所への潜入だった。待望の本格リーガル・スリラー！

L・M・ローシャ
木村裕美訳

P2（上・下）

法王ヨハネ・パウロ一世は在位33日で死去した――いまなお囁かれる死の謎、闇の組織P2。南欧発の世界的ベストセラー、日本上陸。

養《よう》老《ろう》訓《くん》

新潮文庫　よ－24－6

平成二十二年七月一日発行

著者　養《よう》老《ろう》孟《たけ》司《し》

発行者　佐藤隆信

発行所　株式会社新潮社

郵便番号　一六二―八七一一
東京都新宿区矢来町七一
電話 編集部(〇三)三二六六―五四四〇
読者係(〇三)三二六六―五一一一
http://www.shinchosha.co.jp

価格はカバーに表示してあります。

乱丁・落丁本は、ご面倒ですが小社読者係宛ご送付ください。送料小社負担にてお取替えいたします。

印刷・錦明印刷株式会社　製本・錦明印刷株式会社

ISBN978-4-10-130836-4 C0195